Luigi Pirandello

Diana e la tuda

Texte et illustration de couverture : © domaine public
Edition : Culturea (Hérault, 34)
Contact : infos@culturea.fr
Retrouvez notre catalogue sur http://culturea.fr
Imprimé en Allemagne par Books on Demand
Design typographique : Derek Murphy
Layout : Reedsy (https://reedsy.com/)

Dépôt légal : janvier 2023

ISBN : 9791041844203

Personaggi.

Tuda, *modella*.

Nono Giuncano, *vecchio scultore*.

Sirio Dossi, *giovane scultore*.

Sara Mendel.

Caravani, *pittore*.

Jonella, *modella*.

Le streghe: 1. Giuditta, 2. Rosa.

La Sarta.

La Modista.

La Giovane, *che accompagna la Sarta*.

La Giovane, *che accompagna la Modista*.

A Roma. Oggi.

Atto primo.

Lo studio dello scultore Sirio Dossi.

Muri bianchi, altissimi. Alle grandi vetrate luminone, tende nere. Tappeto nero, mobili neri. Lungo le pareti, collocate simmetricamente, riproduzioni in gesso di antiche statue di Diana. Porta a destra; uscio a sinistra.

Una gran tela bianca pende quasi a mezzo della scena, sospesa a un bastone e scorrevole sugli anelli, a riparo della modella nuda, in piedi su uno zoccolo. La sua ombra per via d'una forte lampada accesa dietro, si proietta nera, enorme, sulla parete di fondo, atteggiata da Diana, come nel piccolo bronzo del museo di Brescia, attribuito al Cellini.

Al levarsi della tela, Nono Giuncano di qua dalla tenda, fosco, irrequieto, siede su uno sgabello, aspettando che la "posa" di là abbia fine.

Ha circa sessant'anni. Corporatura poderosa. Barba e capelli bianchi, scomposti. Viso macerato, ma occhi giovanissimi, acuti. Veste di nero.

Tuda (*dietro la tenda in posa*): Basta, per carità!

Sirio (*anche lui dietro la tenda*): No: ferma lì!

Tuda: Non reggo più!

Giuncano: Ma sì, basta! basta!

Sirio: Ferma ti dico! Non è passata l'ora.

Tuda: È passata, è passata!

Sirio: Ancora un momento!

Tuda: Non ne posso più.

Sirio (*con un urlo*): Fermo quel braccio, perdio!

Lunga pausa. Giuncano smania feroce.

Tuda (*prima con un sorriso quasi infantile*): Ahi, non me lo sento più! Lasciamelo abbassare almeno per un minuto. Sono di carne, oh!

Si vedrà l'ombra scomporsi dal suo atteggiamento; abbassare il braccio; prenderselo con l'altra
mano come a sorreggerlo.

Sirio (*alto, biondo, viso pallido, energico, occhi chiari, d'acciaio, inflessibili, quasi induriti nella crudele freddezza della loro luce, viene fuori dalla tenda, buttando con fracasso la stecca. Ha indosso un lungo càmice bianco, stretto alla vita da una cintura. Investe Nono Giuncano*): Ma possibile ch'io debba lavorare così, con te qua che la istighi a ribellarsi, invece di persuaderla a star ferma?

Giuncano: Uccidila, uccidila: starà fermissima!

Sirio: T'è nata adesso che non lavori più tutta codesta considerazione per le modelle?

Giuncano (*lo guarda sdegnosamente, poi*): Per le modelle? Sciocco!

Sirio: Se soffri tanto a vedere lavorare gli altri, perché te ne vieni qua da me?

Giuncano: Perché vorrei che tu almeno -

Sirio: - ah sì? - proprio io? - non lavorassi più?

Giuncano: Coi tuoi danari -

Sirio (*con scatto d'ira*): Finiscila una buona volta di sbattermeli in faccia, i miei danari!

Giuncano: Io? in faccia? al contrario! - Vorrei che ne profittassi -

Sirio: - per non lavorare più? -

Giuncano: - e li buttassi tu in faccia agli altri: a coloro che fanno le statue per vivere - perché non ne facessero più!

Sirio: Sei proprio impazzito!

Giuncano (*subito, con forza, alzandosi*): Ah sì - e ne ringrazio Dio, se vuoi saperlo! - Questa mattina - ah, li ho qua ancora, come una vampa negli occhi - su ai Parioli - tutti quei papaveri - la gioja -

Sirio (*stonato*): - che dici? -

Giuncano: - non la volevano dare a nessuno - (chi li vedeva lassù?) - l'avevano, l'avevano per sé, la gioja d'avvampare al sole, così in tanti insieme - e il silenzio, su quel loro rosso scarlatto, pareva stupore - stupore.

Sirio (*stordito*): I papaveri?

Giuncano: Perché ora vedo! Da che sono impazzito, come tu dici. Sapessi quante cose che prima non vedevo.

Tuda (*ancora dietro la tenda*): Ah papà Giuncano, peccato che sono così

sottintende: nuda;

verrei a darle un bacio! Ma glielo do qua, senta, sul mio braccio

gemito

- ah Dio, freddo come se fosse morto.

Sirio (*a Giuncano*): Insomma, te ne vai? vuoi lasciarmi lavorare?

Tuda: Non se ne vada, no, Maestro, non se ne vada!

Sirio: Non far la stupida e rimettiti in posa!

Tuda: Ah, no no, basta: è quasi, mezzogiorno: mi rivesto.

Si caccia subito addosso un "chimono" violaceo e vien fuori coi piedi nudi in un pajo di babbucce e un grappolo d'uva in mano e nell'altra un panino; carezza sul volto la prima statua presso la tenda e le dice:

Tu non hai fame; io sì, e mangio!

È giovanissima e di meravigliosa bellezza. Capelli fulvi, ricciuti, pettinati alla greca. La bocca ha spesso un atteggiamento doloroso, come se la vita di solito le desse una sdegnosa amarezza, ma se ride, ha subito una grazia luminosa, che sembra rischiari e avvivi ogni cosa.

Giuncano: Mangia, sì, cara. Ti prometto e giuro che codesta Diana che ti dà il martirio sarà la prima su cui verrò a tentare l'esperimento.

Tuda: Che esperimento? Mi dica.

Giuncano: Ah, uno, cara, che se riesce, farà passare la voglia a tutti gli scultori di fare altre statue.

Tuda: E allora io?

Giuncano: Non farai più la modella, almeno agli scultori.

Tuda: E ai pittori, sì? Meno male.

Sirio (*a Tuda*): Dobbiamo dunque rimandare? Fino a quando?

Tuda: Ma se non dovevo venire nemmeno questa mattina, scusa! Vede, Maestro, come mi ringrazia ?

Sirio: Mi lasci così, e vorresti che ti ringraziassi per giunta?

Tuda: T'avevo pur detto, ricòrdati, di non cominciare. Non dovevi!

Giuncano: Ecco: benissimo: mai.

Tuda: Non dico "mai"; almeno fino al giorno che avrei potuto impegnarmi con lui per tutto il tempo che gli bisognava; dato che gli s'è proprio radicata oh, questa bella manìa, di mettersi a far lo scultore.

Sirio: Ma che scultore! finiscila! Ho schifo solo a sentirlo dire.

Tuda: Non è uno studio di scultore, questo? Pare quasi finto, tant'è bello! Chi sa quanto ti sarà costato!

Sirio: La professione...

Tuda (*a Giuncano*): È vero che l'idea gli nacque -?

Sirio (*ghignando*): - sì, la favola del ragazzo! -

Tuda: - lo dicono tutti -

Sirio: - eh sì, circola, circola! -

Tuda: - che eseguiva la copia d'un piede, davanti.

indica Giuncano

al suo studio.

Giuncano: Maledetto!

Sirio (*a Giuncano*): E invece, guarda, proprio per farti dispetto, ti dirò che sei stato tu -

Giuncano: - io? vorresti darne la colpa a me? -

Sirio: - a te, a te: ma non colpa: la rabbia di vederti distruggere come un pazzo -

Giuncano: - ma questo, anzi, doveva farti passar la voglia -

Sirio: no: quando vidi nel tuo studio lo scempio che avevi fatto di tutti i tuoi gessi -

Tuda: - già, peccato! -

Sirio: - tra tutti quei rottami sparsi là, di torsi, di gambe, di mani, di facce -

Giuncano: - ah, fu allora? -

Sirio: - sì: lo sdegno dei nostri corpi ancora in piedi -

Tuda: sdegno? perché?

Sirio (*seguitando, senza badarle*): - mentre là, per terra, quella rovina... Non so: le due cose: quelle statue infrante, tra i piedacci della gente accorsa - e quelle facce sguajate, quei corpi scomposti da prendere a calci e abbattere ah, quelli sì - a martellate... Sul serio, mi nacque lì, allora -

Tuda: - l'idea? oh guarda! -

Sirio: - di prendere anch'io in mano la creta, per mettere in piedi, alta, una statua: una sola.

Tuda (*distornandosi dall'attenzione*): Oh, io sto qua ad ascoltare. Bisogna che scappi. M'aspettano.

Sirio: Chi t'aspetta?

Tuda: Non ci sei tu solo, caro! Oh, sono di moda io, sai?

Ride.

Anche all'estero! - Che ridere, Maestro! È stato jeri per l'inaugurazione a Villa Medici?

A Sirio

Vai, vai a vedere! Faccio parte ormai della storia del pensionato di Francia! Non c'è che Tuda: Tanti quadri, tante Tude. M'è parso d'entrare nuda in un corridojo con le pareti di specchio. Ma certi specchi impazziti! Dio, che smorfie! Io non so... - Su, caro, su. Altri dieci minuti, e poi basta.

Sirio: Che vuoi che me ne faccia di dieci minuti? Non ti lascio andare, no. Non posso lasciare l'abbozzo così.

Tuda: Oh, ma neanche tenermi qua con la forza.

Sirio: Anche con la forza, sì, anche con la forza, se occorre!

Tuda (*a Giuncano*): Ne sarebbe capace. Non ho mai visto una prepotenza simile.

Sirio: Bisogna che lo finisca a qualunque costo. Ne ho fino alla gola!

Tuda: E tu piantalo! Ma scusa, chi te lo fa fare?

Sirio (*con ira e nausea, gridando*): Non dico del lavoro!

Tuda (*a Giuncano*): Lo guardi! Ha il coraggio di dire ch'è impazzito lei! Sta impazzendo lui per quella sua statua! Lo guardi! Lo guardi! -

È il quinto abbozzo: lo butterai via come gli altri!

Sirio: No, questo no, perché è già quello che dev'essere. Perdio, non vedi che ho la febbre addosso?

Giuncano: Non è mica come quei ladruncoli di strada lui, che si contentano di portar via la borsa ai passanti: tira il gran colpo, lui. Una sola statua e lì.

Sirio: Almeno di questo - se ragionassi ancora un po' - mi dovresti lodare.

Giuncano: Ma ti detesto anzi proprio per questo! Perché so che la statua, tu, la farai.

Sirio: La farò, sì - e poi basta.

Giuncano: Ah, poi cambierai mestiere?

Sirio: No, basta - di tutto.

Giuncano (*lo guarda, poi*): Come tuo fratello?

Sirio: Mio fratello lo fece da sciocco.

Giuncano: Perché ora è guarito?

Sirio: Guarito? È più solo di me. Dico da sciocco perché non seppe farlo. Stai sicuro che io lo saprò fare.

Tuda: Ma che dice? Parla sul serio d'uccidersi?

Sirio (*voltandosi di scatto, sdegnoso*): Tu non t'immischiare!

Giuncano: Male di famiglia.

Tuda: Oh, puoi smetterle con me, sai, codeste arie! L'hai trovata davvero chi s'immischia nei fatti degli altri, e specie nei tuoi. Per me, puoi ucciderti qua, ora stesso: non mi volterei nemmeno a guardarti. Penso che prima, se seguito a farti da modella, avrai ucciso me!

Ma stia tranquillo che non s'uccide per ora: non la finirà mai, quella statua. E chi sa che questa non sia anzi una scusa per non finirla.

Sirio: No, cara: perché anzi stare a parlare con te, con lui; sopportare la vostra vista -

Tuda: - grazie! io me ne voglio andare: mi trattieni tu! -

Sirio: - ma dico anche quella degli altri, di tutte le cose - ciò che lui chiama "vivere"

che cosa? viaggiare, come fa adesso mio fratello? giocare, amar donne, una bella casa, amici, vestir bene, sentire i soliti discorsi, far le solite cose? vivere per vivere? -

Giuncano: - sì, sì - e senza nemmeno saper di vivere -

Sirio: - già - come le bestie -

Giuncano: - ma che come le bestie! le bestie non possono impazzire! -

Sirio: - ah tu dici da pazzo? -

Giuncano: - da pazzo, come intendo io! -

Sirio: - grazie: l'ho fatto: me ne sono seccato: non ne ho più neanche sdegno; ma tanta uggia, tanta afa,

voltandosi a Tuda

che potrei temere piuttosto il contrario: di contentarmi di ciò che ho fatto là

indica dietro la tenda, sottintendendo la statua

e dire che è finita, pur di finirla.

Giuncano: Mangi per la tua statua, dormi per la tua statua...

Sirio: Tu che non sei volgare, potresti risparmiarti un'ironia così facile. Ecco; ti rispondo: sì. E ti sfido a riderne.

Poi, volgendosi a Tuda:

Ti sarai riposata: su, andiamo.

Tuda: Ma verrà a prendermi Caravani a momenti!

Sirio: Per qualche altro lupanare?

Tuda: Lupanare... perché una volta, a Parigi, da giovane, avendo bisogno... - e fu la sua fortuna, del resto! - Non puoi negare che il nudo lo fa bene. È di moda anche lui, adesso, come ritrattista.

Sovvenendogliene d'improvviso l'idea

Oh, lo sa anche la tua amica che vuol fatto da lui un ritratto da amazzone, a cavallo.

Sirio: Come non ti vergogni?

Tuda: Di che? Non faccio mica la spia. Vedrai che te lo dirà lei stessa.

Sirio: Ma no, io dico, di prestare così il tuo corpo -

Giuncano: - mentre lui qua te lo glorifica in una così pura divinità!

Tuda: - già! e mi sta facendo morire! - Ah, ma per vendicarmi, sa che ho suggerito a Caravani -

Giuncano: - di fare anche lui una Diana? Benissimo!

Sirio (*scattando*). Ah no, perdio! Con te no, sai! Glielo proibisco!

Tuda: O ch'è di tua spettanza esclusiva la dea Diana?

Sirio: Mentre sto lavorando io con te, sì; e glielo proibisco! Tanto più se gliel'hai suggerito tu!

Tuda: Ma è un'altra cosa...

Sirio: Appunto per l'obbrobrio che sarà! Bada che non lo tollero sul serio!

Tuda: Sai che diventi insopportabile? Si figuri, Maestro, una Diana messa seduta bene, con un gomito su una coscia -

Sirio: - sta' zitta! -

Tuda: - comodissima! - la testa così

l'appoggia a una mano

- che se ne sta a guardare un bel figliolone Endimione dormente - mezzo verde e mezzo violetto - tra le pecore - un amore!

Scoppia a ridere.

Sirio: Mi verrebbe di strozzarla!

Tuda: Ne sei geloso? Ma quando un artista vuole una modella tutta per sé, sai che fa? la sposa, caro!

A uno sguardo sprezzante di Sirio

Perché? Ti parrebbe disonore? Tanti hanno fatto così. E con certune che non valevano neanche un'unghia del mio piede.

Sirio: Quanto ti dà?

Tuda: Caravani? La posa; niente più.

Sirio: Ma una di quelle sue clienti là non gli servirebbe meglio?

Tuda: "Una di quelle sue clienti là..." Ti dico che farà il ritratto anche alla tua amica. Del resto, come m'hai veduta tu da Diana, potrebbe avermi veduta anche lui.

Sirio: Perdio, non lo dire!

Tuda: Un corpo come il mio...

Sirio: Ti darò il doppio, il triplo, quattro, cinque volte di più, purché la smetta! Ti dico che non posso tollerarlo!

Tuda: E tu sposami!

Sirio: Finiscila!

Tuda: Sarebbe da vedere, caro, se poi ti vorrei io...

Giuncano: Tu, no!

Tuda: Intanto, non mi vuole lui. E allora non c'è gusto a fare la sdegnosa. - Su, caro, andiamo. Del resto, te l'ho già fatto capire in tutti i modi: mi paghi meglio degli altri, ma non mi piace lavorare con te.

Ritorna dietro la tenda e si rimette in posa. Rispunta l'ombra, enorme, sulla parete di fondo.

Papà Giuncano, ajuto! Mi dica di quell'esperimento che vuol fare.

Sirio: Più alto il braccio!

Tuda: Così?

Sirio: Così.

Pausa tenuta.

Tuda: Dorme, Maestro?

Giuncano: Fumo. Ti vedo nell'ombra.

Tuda: Sono bella?

Giuncano: Sì, cara. -

Pausa

- Morta.

Tuda: Come, morta?

Sirio (*con un urlo*). Ferma!

Tuda: Eh, dice morta...

Giuncano: Appunto perché ti vuole ferma così.

Altra pausa.

Tuda: Ah, dà l'incubo quest'ombra! Anche questo supplizio doveva inventare: Il lume dietro, e l'ombra della statua davanti!

Giuncano: Anche di questo ti vendicherò. Ma non trovo ancora la pasta.

Tuda: Che pasta?

11

Giuncano: Ardente, ardente: una pasta ardente da calare dentro a tutte le statue per scomporle dai loro atteggiamenti.

Sirio: Insomma, finiamola! Non fai altro che muoverti! Vèstiti e vattene!

Tuda: Abbi pazienza. Ho immaginato che faccia farebbero le statue, sentendosi a poco a poco scomporre dai loro atteggiamenti. Guarda lì nell'ombra: così... così... così...

azione lenta

- senza finire d'essere statue, e pur senza potere esser vive...

Giuncano: No, vive, vive! E allora sì. Mi rimetterei di nuovo a scolpire!

Sirio: Il miracolo di Pigmalione.

Giuncano: Potere dar loro, con la forma, il movimento - e avviarle, dopo averle scolpite, per un viale infinito, sotto il sole, dov'esse soltanto potessero andare, andare, andar sempre, sognando di vivere lontano, fuori dalla vista di tutti, in un luogo di delizia che su la terra non si trova, la loro vita divina.

Tuda (*che è già balzata giù dallo zoccolo e s'è rimesso il "chimono" vien fuori dalla tenda, correndo verso Giuncano*): Ah, questa, papà Giuncano, non poteva venire in mente che a lei! Glielo do davvero: toh! lo bacia.

Giuncano (*ribellandosi fosco*): No!

Tuda (*con meraviglia*). Non lo voleva?

Giuncano: Non mi piace.

Tuda: Ch'io la baci?

Giuncano (*indicando Sirio*): Bacia lui.

Tuda: Grazie. Bacio chi voglio io.

Giuncano: Ma non per me, sciocca! Dico per te. La tua bocca...

Tuda: Che ha la mia bocca?

la mostra, protendendo il volto.

Quando non ride, è così.

E rimane ancora ferma un istante nell'atteggiamento.

Giuncano: Ma guardala! guardala!

E, come Tuda si scompone scoppiando a ridere, di nuovo la indica a Sirio:

Ecco: guardala!

Tuda (*scomponendosi ancora con finto fastidio*): Oh, insomma!

Giuncano: Guardala!

Tuda (*movendosi in tanto modi*): Insomma! insomma! insomma!

Giuncano: Fanne ora una statua! Tutta un fremito continuo di vita:

ogni attimo un'altra!

Sirio: Già! E se non la fermi in un gesto in cui consista, che è?

Nulla.

Tuda: Come come? io, nulla!

Giuncano: Vita! vita!

Sirio: - che passa -

Giuncano: - appunto! -

Sirio: - oggi non più quella di ieri, domani non più questa d'oggi: ogni attimo un'altra: tante! Io la faccio una: quella

indica di là, la statua

per sempre!

Tuda: Grazie! Una statua.

Giuncano: Una - e per sempre - che non si muova più?

Sirio: È l'ufficio dell'arte -

Giuncano (*subito, forte*): - e della morte: che farà anche di te, come di me, una statua: su un letto o per terra, quando vi giacerai, stecchito.

Tuda (*quasi cantando e ballando*): Viva: occhi bocca braccia dita gambe - guarda - le muovo, le muovo - e questa è carne, senti: calda!

Sirio: Ma che c'entri tu, come sei, viva? Dev'esser lei, la statua: non tu. - Marmo: la sua materia; non la tua carne.

Tuda: E perché hai bisogno di me, allora?

Sirio: Perché mi servi. Servi a me. Non a lei. Indica la statua.

Giuncano: E non ne provi sgomento?

Sirio: Di che?

Giuncano: Di quello che fai! Quando te la vedi consistere davanti a poco a poco, che comincia ad assumere corpo per sé, non come tu vorresti, ma com'essa quasi da sé si vuole - altra, altra dall'immagine che tu ne avevi concepita - tanto che, per non lasciartene vincere, devi combattere con quell'ammasso di creta ancora quasi informe ma per sé vivo -

Sirio: - sì, sì, è vero -

Giuncano: - ebbene: quando riesci a imprimere in quella creta la tua immagine, la vita che moveva le tue dita e quella creta, la vita di quell'immagine ti resta lì davanti sospesa, senza più movimento: atteggiata. E non ne provi lo stesso sgomento che si prova davanti alla morte, davanti a uno che poc'anzi era vivo, e ora è lì, che non si muove più?

Tuda: È vero, è vero!

Giuncano: Ti si muta in ribrezzo, lo sgomento, pensando a ciò che tra poco ne avverrà -

Sirio: - già! mentre davanti a una statua -

Giuncano: - ti si muta in ammirazione, perché la statua è bella? -

Sirio: - viva - che non muore più! -

Giuncano: - ma che viva, se vivere vuol dire morire ogni momento, mutare ogni momento, e quella non muore e non si muta più! Morta per sempre là, in un atto di vita. La vita gliela dài tu, se la guardi un momento. Io non posso più guardarle; ne ho orrore. Ah, grazie, immortale così!

Afferra Tuda per le braccia e la scuote

e non più viva, non più viva così!

Sirio: Sai come traduco tutto questo che hai detto? In un pianto che tu fai, d'esser vecchio. Odii le statue, perché cominci a sentire di non poterti più muovere, come loro: ecco perché.

Giuncano, sorpreso dell'osservazione, si volta a fissarlo con ira e insieme con maraviglia. Sente picchiare alla porta.

Tuda: Ah: sarà lui, Caravani.

Sirio (*reciso, riconoscendo il picchio*). No. - Fatemi il piacere: di là, un momento.

Indica dietro la tenda. Giuncano e Tuda vi si ritirano. Sirio si reca ad aprire. Entra Sara Mendel, in abito d'amazzone. Bruna, ardita, ambigua, elegantissima, presso ai trent'anni.

Sirio: Piano, ti prego.

Sara: Lavori ancora?

Sirio: Sta per andarsene. Ma c'è altri. Non è possibile.

Sara: Chi c'è?

Sirio: Giuncano.

Sara: Ah, comodo, quello! E non potrei anch'io...

Sirio: Che cosa?

Sara: Vederti lavorare?

Sirio: T'ho detto di no.

Sara: Curioso! Da un uomo no, e da una donna si vergogna a farsi veder nuda?

Sirio: Vieni qua fuori nel giardino.

Sara: Lasciamela vedere!

Sirio: Vieni, ti dico.

Sara: No no. Rimani. Io me ne vado. Séguita, séguita a lavorare. Ma scusa: Caravani non doveva venire a prendersela a mezzogiorno?

Sirio: Difatti t'ho detto che sta per andarsene.

Sara: Lo sai che sta con Caravani?

Sirio: Che vuoi che m'importi con chi sta?

Sara: E che Caravani da una settimana mi fa la corte, lo sai?

Sirio: Lo vedo.

Sara: Che vedi?

Sirio: Che sei vestita, come per il ritratto che ti vuol fare.

Sara: Ah! Chi te l'ha detto? Te l'ha detto lei?

allude con una mossa del capo a Tuda

Sirio: Non sta con Caravani?

Sara: Ma me l'ha chiesto lui, Caravani, di farmi il ritratto. Ah, dunque voi parlate di me, lavorando?

Sirio: Zitta! Andiamo fuori.

Sara: Potrei farti sapere, a mia volta, che lei ha suggerito a Caravani -

Sirio: - sì, di fare anche lui una Diana. E questo te l'ha detto lui, Caravani. Segno che anche voi due parlate di me -

Sara: - già; mentre mi fa la corte.

Sirio: Bisogna che la smetta, sai!

Sara: Di farmi la corte?

Sirio: No: s'accomodi; faccia il tuo ritratto; faccia quello che vuole; ma mi lasci la modella per lavorare!

Sara: Ah, tu vorresti -

Sirio: - non voglio nulla! voglio lavorare!

Si sente picchiare alla porta rimasta socchiusa.

La voce di Caravani: Permesso?

Sara: Ah, eccolo! - Avanti, avanti, Caravani!

Caravani (*presso ai quaranta; bruno; veste con eleganza; entrando, non s'aspetta di trovare la Mendel nello studio del Dossi*): Oh, buon giorno, signora.

Sara: Venite a proposito!

Caravani (*salutando Dossi*): Caro Dossi.

A Sara:

A proposito di che?

Sara: Della modella che vi serve.

Caravani: È qua ancora?

Sara: Eccomi!

Mostra il suo abito da amazzone.

Come mi volevate!

Caravani (*smarrendosi al cospetto di Dossi*): Ah... ma -

Sara (*subito, per rinfrancarlo*): - lo sa! lo sa! gliel'ha detto la vostra modella! - Ero venuta per invitarlo a una passeggiata a cavallo - dice che vuol lavorare. - Se voi volete, sono pronta!

Caravani: Per me... figuratevi, felicissimo!

Sara: A patto però che voi lasciate a lui la modella! - È un cambio.

A un gesto di maraviglia di Caravani:

Acconsente! acconsente! - E acconsento anch'io! - Andiamo!

Fa per trascinarselo via.

Sirio (*sdegnatissimo*): No: aspetta, Caravani!

Tuda!

Tuda (*da dietro la tenda, subito*). Eccomi. Mi sto rivestendo.

Sara: Ma no! - Venite, Caravani!

Caravani: Ah, per me, come volete!

Sara: Anche per fare un piacere a me. Andiamo!

Caravani: Ma non vorrei...

Sara: Se vi dico che acconsente!

Poi, rivolta verso la tenda:

Maestro, so che siete costì: trattenetegliela! -

A Caravani:

Andiamo, andiamo!

E, vedendo uscire Giuncano dalla tenda:

A rivederci, Maestro!

E si trascina via Caravani, per la porta, ridendo.

Sirio (*fremente d'ira*): Ah, schifo! Vuol dire proprio non conoscermi, perdio!

Esce di furia dietro i due.

Tuda (*venendo fuori anche lei dalla tenda, già rivestita e col cappello in capo*): Che cos'è?

Giuncano: S'è portato via Caravani.

Tuda: E lui, come uno stupido, le è corso dietro?

Giuncano: Non è uno stupido.

Tuda: Ma non ha visto che, appena ha sentito bussare, ha subito riconosciuto che era lei?

Giuncano: Saprà come suole bussare.

Tuda: La prova, scusi, è che è corso a raggiungerla.

Giuncano: Sì, gridando tra i denti: "Che schifo!"

Tuda: Perché s'è accorto che ha voluto fargli un dispetto. Quando ha detto del cambio, egli m'ha subito chiamata perché andassi con Caravani.

Giuncano: Sarà gelosa di te.

Tuda: Di me? Oh bella!

Giuncano: Stupida - lei sì...

Tuda (*con orgoglio*). E perché stupida?

> (*Sottintendendo: "Non potrebbe forse essere gelosa di me?"*)

Giuncano: Oh, non dico per te! Stupida perché non intende la ragione per cui la trascura. Lo vede così accanito al lavoro e sospetta che possa essere - non per il lavoro - ma per stare con te.

Tuda: Viene qua a prenderlo ogni giorno a quest'ora.

Giuncano (*assorto*). Se ha potuto dire di me -

Tuda (supponendo che parli di Sara). Che ha detto? non ho sentito.

Giuncano: Ch'io odio le statue -

Tuda: - ah, ma questo l'ha detto lui, prima -

Giuncano: - non è uno stupido, lui -

Tuda: - perché lei è vecchio?

Giuncano: - perché tra poco, come loro, non mi muoverò più. Ha ragione. - Queste mani indurite! Questa faccia!

> (*S'afferra quasi con schifo il corpo.*)

Tutta questa forma qua! - Tu non puoi ancora capire.

Tuda (*seria, con una tenera pietà che le fa socchiudere gli occhi, ma pur con un sorriso appena, di malizia, sulle labbra*): Ma sì che capisco.

Giuncano: No. (*La guarda, tra scontroso e minaccioso.*) Che cosa? -

Tuda (*gli s'accosta amorevole*): - che lei soffre - ma non di quello che dice.

Giuncano: Io?

Tuda (*accentuando la malizia*): Non perché non sia vero quello che dice. Ma perché il suo sentimento è un altro.

Giuncano (*come sopra*). Che altro?

Tuda: Un altro; e non lo vuol dire.

Giuncano: Io dico -

Tuda: - sì: una cosa che - per chi come me l'intende - non è più vera, allora.

Giuncano (*dopo averla guardata, stupito*): Come fai tu a pensare queste cose?

Tuda: Eh, posso anche far finta d'essere senza pensieri - per malizia. Combatto con gli artisti! Fingo di parlare come a caso; volto il capo un pochino, senza che me ne faccia accorgere; lo piego; lo alzo; sporgo appena appena una mano; guai a far vedere che sia io, la modella, a suggerire: no: io ho detto anzi una sciocchezza; ho fatto un atto, così: il pensiero è nato in loro. E ne sono così sicuri che me lo dicono: «Oh, sai? sto pensando che... codesta mossa...» oppure: «Zitta! mi nasce l'idea di...» E io, seria: «Che mossa?» oppure: «Che ho detto?» - Bisogna pur fare così, con certuni. Ma con certi altri, no. Con questo, no, per esempio (*allude a Sirio*).

Giuncano (*cupo*): Eh sì, sa bene ciò che vuole, questo.

Tuda: E lei crede veramente che farà?

Giuncano: Sì. Una statua. Lui sì. Una vera statua.

Tuda (*come se le parole le nascessero involontariamente*): Non le somiglia affatto...

Giuncano (*dopo averla guardata*): Perché dici così?

Tuda (*subito, e poi imbarazzata*): Per niente! Non ha... non ha l'aria

degli altri; non pare quasi un artista...

Giuncano (*con un sorriso triste*): Forse hai sentito dire anche tu...? No no. Somiglia al padre, anzi. Volontà fredda e dura.

Tuda: Dicono che il padre lo abbandonò -

Giuncano: - bambino, sì: quando morì la madre. Andò ad arricchirsi lontano.

Tuda: E lei lo conobbe bambino?

Giuncano (*assorto*): Sua madre, sì, era una donna veramente viva! Come ne ho viste poche.

Tuda: È quell'unico gesso che lei salvò dalla distruzione? Il suo ritratto da giovane?

Giuncano: Sì.

Tuda: Come doveva esser bella!

Pausa.

Giuncano (*con altro tono*): Quando io sento parlare, quando io guardo e vado per qualche luogo; nelle parole che sento, in ciò che vedo, nel silenzio delle cose, ho sempre un sospetto che ci possa essere qualcosa di ignoto a me, a cui il mio spirito, pur lì presente, rischia di rimanere estraneo; e sto con l'ansia che, se ci potessi entrare, forse la mia vita s'aprirebbe a sensazioni nuove, tanto da parermi di vivere in un altro mondo. Questo qui, invece... io non so: è così: coi paraocchi: non sente, non vede nulla: vuole una cosa sola.

Pausa.

Tuda (*assorta*): Se davvero è così ricco, come dicono...

Giuncano (*assorto*): Quando la vita si chiude...

Tuda: Crede che farà veramente ciò che dice?

Giuncano: Capacissimo di farlo.

Pausa.

Tuda: Ma quella signora...

Giuncano: Credo che conti ben poco per lui.

Tuda: Ah no: questo non lo credo. Benché, se può dire che, finita la statua...

Giuncano (*come ripigliandosi*): Ma tu non mi volevi dir questo.

Tuda: È vero. Io volevo dire -

A questo punto, dalla porta rimasta aperta, entrano le due vecchie sorelle Giuditta e Rosa dette "Le Streghe", parate entrambe quasi carnevalescamente con fiocchi e nastri sui capelli lanosi: entrano come cieche, in cerca del caldo della stufa.

Giuditta: È permesso?

Tuda: Chi è? - Ah, voi?

Rosa (*a Giuditta*): Vedi che hanno smesso da un pezzo?

A Tuda:

Il signorino dov'è?

Tuda: Doveva essere nel giardino. Non l'avete veduto?

Giuditta: Non l'abbiamo veduto.

Tuda: E allora non so: non dovrebbe essere lontano: è uscito come si trovava, col càmice addosso...

Rosa (*A Tuda*): Ci ha lasciato sempre entrare, tu lo sai -

Giuditta: - per farci prendere il caldo che resta nella stufa.

Rosa: Se è ancora accesa...

Tuda: Non so: sarà accesa: andate a vedere.

Giuncano (*a Rosa che s'avvia dietro la tenda*): Rosa, vieni qua!

20

Rosa (*cupa e scontrosa*): Che vuoi tu?

Giuncano: Vieni qua.

A Tuda:

Tu dici che non sono vecchio?

Prende Rosa per un braccio.

Qua, qua: così, davanti.

La costringe a sedergli sui ginocchi.

Rosa: Perché? lasciami!

Giuncano: Mi voglio guardare.

A Tuda, mentre Giuditta sghignazza:

Sai? Tre anni insieme, noi due!

Tuda (*meravigliata, sorridente*): Ah, con lei?

Rosa: Con me, con me, sì! Che ci hai da ridire?

Giuncano (*sempre con Rosa sulle ginocchia, mentre Giuditta, tenendosi i fianchi, seguita a sghignare orribilmente*): Trent'anni fa!

Rosa: Eravamo le prime, noi, al nostro tempo!

Giuditta (*sempre sghignando e accennando a sollevarsi la veste*): Carni da regine, le nostre, anche adesso!

Rosa (volgendosi verso Tuda): E tu, all'età mia -

Giuditta: - sarai una pentolaccia squarciata!

Tuda: Ma non v'ho detto niente, io.

Giuncano: Che specchio, eh? che specchio!

Rosa: Hai il coraggio di dirlo a me, tu, specchio?

Giuncano: No! Lo dico appunto per me!

Giuditta (*a Tuda*): E n'era geloso allora, lui! E lei lo piantò - oh, sai? per mettersi con uno meglio di lui!

Giuncano (dalla porta ridendo): È vero, sì: lei, lei.

Poi, subito rifacendosi serio, rivolto a Tuda:

Ricòrdati di questo, per ciò che mi volevi dire.

E se ne va. Le due vecchie s'avviano verso la tenda.

Tuda (*dopo un momento di riflessione*): Vado via anch'io. Glielo direte voi, appena torna, che l'ho aspettato e me ne sono andata.

S'avvia verso la porta, e sta per uscire, allorché Sirio rientra, fosco.

Sirio: Te n'andavi? Ho da parlarti.

Tuda: Ma ora devo andare. È tardi.

Sirio: Tu resterai qua. Farò com'hai detto.

Tuda: Farai -?

Sirio: - com'hai detto: ti sposo.

Tuda: Oh bella! Sei impazzito?

Sirio: No, cara. Calmissimo.

Tuda: Mi sposi?

Sirio: Per obbligarti a restare mia modella soltanto.

Tuda: Ah, no! Per dispetto no, sai: grazie - non voglio.

Sirio: Ma che dispetto!

Tuda: Hai litigato con quella! No no!

Sirio: Chi t'ha detto che ho litigato?

Tuda: Eh, v'ho sentito di là. Non ci voglio mica andar di mezzo, io. Se n'è andata con Caravani.

Sirio: Ma nient'affatto!

Tuda: Perché gelosa di me, sì.

Sirio: Smettila!

Tuda: Gelosa, gelosa: l'ha detto anche il Maestro!

Sirio: Smettila, ti dico! E non parlarmi di quella signora.

Tuda: Ah no, aspetta! E come intendi allora? Dobbiamo anzi parlarne.

Sirio: Intendo che tu, appena ogni giorno avrai finito di servirmi per il mio lavoro, abbia intera per te la tua libertà -

Tuda: - ah sì? - intera? -

Sirio: - di fare quello che ti parrà e piacerà.

Tuda: Non te ne importerà nulla?

Sirio: Che vuoi che me ne debba importare?

Tuda: Se sarò tua moglie!

Sirio: Ma no, cara, che moglie!

Tuda: Eh, se mi sposi! Sapranno tutti -

Sirio: - che cosa? -

Tuda: Oh bella! Porterò il tuo nome: sarò la signora Dossi, no? Vedi? ti fa un certo effetto -

Sirio: - ma no! nessun effetto!

Tuda: - eh via! la moglie dello scultore Dossi! Non t'importerà di me - t'importerà del tuo nome.

Sirio: Non m'importa più di nulla. - La gente saprà perché e come sarai mia moglie. Anzi, quanto più lascerò che t'avvalga della tua libertà, e più apparrà chiaro perché l'ho fatto. - Del resto, io debbo soltanto finire la mia statua.

Tuda: Poi t'ucciderai, abbiamo capito! Non t'importa più nulla per questo. Eh, dico, ma, se sarà vero, bisognerà intendersi anche -

Sirio: - ma sì, anche su questo! -

Tuda: Capirai, per un pajo di mesi non ne varrebbe la pena.

Sirio: C'intenderemo su tutto, non te ne dar pensiero. Tu avrai fatto comunque un ottimo affare, stai sicura.

Tuda: Affare! Non è affare soltanto!

Sirio: Ah, no: soltanto. Il tuo corpo, per quel che mi deve servire.

Tuda (dopo una pausa di riflessione): E... abiterò qua nella tua casa?

Sirio: Sì, al piano di sopra: sarà tutto per te. Ti dico di non pensare a nulla. Avrai tutto quello che vorrai.

Tuda: E - che ne dirà lei?

Sirio: T'ho detto di non parlarne.

Tuda: Vorrei almeno sapere se lo sa, scusa! Siete già d'accordo?

Sirio: Io sono padrone di me.

Tuda: Libero anche tu, per conto tuo -

Sirio: - s'intende -

Tuda: - con lei?

Sirio: Basta, t'ho detto.

Tuda: Vorrei essere sicura che non è un dispetto, tu capisci.

Sirio: Non mi preme di farne. Lei, sì, vorrebbe per picca ch'io non lavorassi più con te. Farà di tutto perché tu non venga qua.

Tuda: Ah sì? E io allora ci vengo, guarda! anche se tu non mi sposi!

Sirio: Non la conosci. Potrebbe trovare il modo d'impedirtelo. E poi, forse, tu stessa... No no. Dato che l'atto per me ha questo senso soltanto, e nessun valore per sé...

Tuda: Ti guasterai con lei...

Sirio: Se mai, sarà affar mio.

Tuda: E se poi, avendolo fatto per causa mia...

Sirio: Ma non per causa tua: lo faccio perché lo voglio io -

Tuda: - ora, sì; ma se poi dovessi pentirtene?

Sirio Non avrò tempo di pentirmene, non temere.

Pausa.

Tuda: Io dovrò allora servire soltanto per la tua statua?

Sirio: A me, soltanto; per la mia statua.

Tuda: Mi sposi per questo?

Sirio: Per questo, e perché non serva più da modella ad altri. - Accetti?

Tuda (*sta a guardarlo un pezzo; poi, ambigua, con aria di sfida*): Bada oh, che io sono viva!

Sirio: Ah - per te...

Tuda: E non pensi che -

s'interrompe.

Sirio (*dopo aver atteso un po'*): - che?

Tuda: - niente: per fare una supposizione - mi potrebbe nascere, standoti vicina, insieme -

24

Sirio (*con tono derisorio*): - l'amore?

Tuda: - no, ma - un desiderio di te...

Sirio: Finora non t'è mai nato.

Tuda (*guardandolo e poi abbassando gli occhi*): Che ne sai tu?

Sirio: Non me ne sono mai accorto.

Tuda: Perché ti sapevo con quella.

Sirio (*per troncare*): Bisogna che tu ti levi codeste idee dal capo.

Capirai che se, prima, per un momento, sarebbe stato possibile -

Tuda (*vivissimamente*): - ah sì? sarebbe stato possibile?

Sirio (*impassibile*): - non potrà più essere ora.

Tuda: Già - perché diventerei tua moglie davvero, allora...

Sta un po' a pensare a quello che ha detto, e con un sorriso appena, vano e triste, esclama:

Eh già...

Pausa.

Bene: accetto.

Altra pausa, più breve

Voglio vedere come sarà.

Altra pausa

L'avevo detto per ischerzo...

Altra pausa

Ho mio padre, ad Anticoli; le mie sorelle...

Sirio: Non mi farai vedere nessuno!

Tuda: No, penso che...

S'interrompe; guarda nel vuoto con occhi lieti e un sorriso di vaga soddisfazione sulle labbra

... al paese... da signora.

Pausa.

La casa su sarà bella... Il giardino... E io...

Fa per guardare Sirio, il quale si volta subito, a schivare lo sguardo

Non debbo nemmeno guardarti?

Si leva il cappello risolutamente.

Sta bene. Andiamo, su! Vedrai come ti farò finire presto la statua!

E cominciando a sganciarsi la veste, s'avvia con Sirio verso la tenda. - Prima di sparire, si ferma un po'.

Ah guarda, qua ci sono le streghe.

Dietro la tenda.

Via! via! Andate fuori!

Sirio: Eh no, lasciale, purché stiano zitte.

Tuda (*rivenendo fuori con Giuditta e Rosa nell'atto di minacciarle con lo spillone del cappello; ridendo*): No, via! via! via!

Giuditta. Non pungere oh! Sei cattiva!

Rosa: Ma guarda: ci caccia lei.

Tuda: Io, io! Non avete sentito che mi sposa?

Giuditta: Eh, abbiamo sentito sì...

Tuda: E dunque sono la padrona! Via! via! Vi faccio vedere io, pentolaccia!

Sirio: E via, basta: lasciale stare.

Giuditta: Ce ne staremo di qua!

Sirio: Zitte!

Rosa: Sì sì, senza fiatare!

Tuda (*ride; corre verso la tenda; vi scompare dietro di nuovo, e un attimo dopo, rimontando nuda e giojosa sullo zoccolo*): Eccomi pronta!

Riappare, grande, l'ombra sulla parete di fondo. Le due vecchie si voltano a mirarla con sgomento.

Tela.

Atto secondo.

La stessa scena del primo atto.

Al levarsi della tela, Tuda in abito da sera elegantissimo si mira in uno specchio sorretto dalla Giovane che accompagna la Sarta. Questa le è presso e le aggancia ancora l'abito da una parte. Le sta dietro la Modista, accompagnata da un'altra Giovane, con una grande scatola piena di cappelli e di fiori finti. La Sarta ha portato anche stoffe per la scelta d'un altro abito. Sirio è dietro la tenda, in attesa che la prova abbia fine.

Tuda: No no, non mi piace! non mi piace!

La Sarta: Ma se le sta benissimo, signora!

Tuda: Che benissimo! Non è venuto affatto come volevo io!

La Sarta: Eppure ho seguito in tutto quello che lei m'ha detto!

Tuda: Io non le ho detto che volevo tutto questo... come si chiama? "jais", qua.

La Sarta: Ma è così ricco, signora: uno splendore, creda.

Tuda: Troppo, troppo; e non mi piace! - No no, via! via! - Non me lo posso più vedere addosso. Lo sganci, lo sganci!

La Sarta: Mi butta via il lavoro così? Aspetti, si potrà rimediare!

Tuda: Che vuol rimediare! No. Non mi va più neanche il colore. E mi sta così male, poi.

La Sarta: Sì, mi sono accorta anch'io di qualche difetto, ma lieve, rimediabilissimo. Non per colpa mia, creda. La signora, mi scusi, è un po'...

Tuda: - come? -

La Sarta: - dimagrita -

Tuda: - io? -

La Sarta: - Sì, dall'ultima volta -

Tuda: - possibile? in così pochi giorni?

La Sarta: - ma sì, creda! -

Tuda: - io sto benissimo! -

La Sarta: - oh, non dico! un corpo maraviglioso -

Tuda: - sfido, modella!

Senza dar peso, anzi sorridente.

Lei mi chiama signora -

La Sarta: - come dovrei chiamarla? -

Tuda: - signora... modella (*sanno tutti che sono signora per questo.*) - Ma sì, mi sento un po' stanca veramente -

La Sarta: - ecco: e allora il grigio, senza più il suo bel colore...

Le avrà intanto levato l'abito e Tuda sarà rimasta in un finissimo sottabito rosa.

Tuda: Non mi ci posso vedere!

La Modista: Sì, certo, smuore un po'.

Tuda: Se si pensasse, come ci si sciupa... E io

scoppia a ridere pensando che è stata sposata per far da modella: se non potesse più farla!

- sarebbe da ridere! Ma se si deve seguitare così -

forte, queste ultime parole, perché Sirio, di là, senta e intenda.

La Sarta: Oh, sarà un malessere momentaneo!

Tuda (*guardandosi bene allo specchio*): No no: è vero; non m'ero ancora veduta bene - eh altro! sono, sono andata giù! Ci si dovrebbe pensare...

La Sarta: Tante volte, non c'è nulla più d'un abito che lo possa far notare. E per noi sarte le clienti non dovrebbero mai provare, se non si sentono più che bene.

La Modista: Va tutto male, quando non sono contente del loro bel visino.

La Sarta: E allora

mostra l'abito che ha ancora sul braccio

non dobbiamo neppure tentare d'accomodarlo?

Tuda: No no, non mi parli più di questo! Ha portato le stoffe?

La Sarta: Sì, tante: eccole qua.

Tuda: Vediamole, vediamole. - Ma che colori!

La Sarta: Quelli di quest'anno.

Tuda: Non c'è un lilla?

La Sarta: Il lilla, veramente, quest'anno non va.

Tuda: Ma va a me.

La Sarta: Non è di moda.

Tuda: La moda per me la faccio io.

Trovando la stoffa

Eccolo qua. Questo. Vede che c'è? Combiniamolo subito, qua, ora stesso, addosso a me. Sì sì: questo, questo.

Si butta addosso la stoffa e si guarda allo specchio.

Mi piace, sì.

La Sarta: Certo, le sta benissimo.

La Modista. A maraviglia!

Tuda: Mi vesto io.

Si drappeggia.

Senza tanti lisci e gale. Semplice semplice! E non molto scollato. Ecco, guardi, così. Lo appunti.

La Sarta: È veramente un piacere vestire un corpo come il suo -

Tuda: - condannato a spogliarsi sempre! - Bisognerebbe ora trovare un pizzo...

La Sarta: Pizzo?

Tuda: Non va neanche il pizzo?

La Sarta: Se guarda i figurini...

Tuda: Non li guardo. Lo metto, vada o non vada. Non ne ha portati?

La Sarta: No, signora.

Tuda: Non importa. Ne ho su io, tanti.

Rivolgendosi alla Giovane che accompagna la Sarta

Per piacere, vada su di là

indica l'uscio a sinistra

fino al secondo piano; e se li faccia dare dalla donna: sono nel cassetto dell'armadio a destra, nella mia camera.

La Giovane s'avvia.

Aspetti! Mi faccia anche il piacere di farsi dare la pelliccia d'ermellino.

29

Così vedremo come sta.

Presto, mi raccomando

La Giovane va. Sirio vien fuori dalla tenda.

Sirio: Ancora?

Tuda: Abbi pazienza. Un abito impossibile!

Sirio: Ma no, io dico, se dovevi perdere tutto questo tempo, potevi andar su a provare e scegliere tutto quello che ti pare, senza farmi questo bazar qua. Vai su, vai su, ché sarà meglio anche per te.

Tuda (*guardandolo con intenzione*): No, caro. Per me è meglio qua.

Sirio (*reciso, intendendo*): Lo so, che è fatto apposta.

Tuda (*subito*): E anch'io, dunque, perché ne sei seccato!

Sirio (*con ira*): Per me, per me, per me ne sono seccato!

Tuda: Hai torto. Riflettici bene, e riconoscerai che a te giova.

Sirio: Che cosa mi giova?

Tuda: Provocare.

Sirio: Mi pare che provochi tu!

Tuda: No. Io così mi sfogo: nient'altro.

Sirio: E a me giova provocare?

Tuda: Sì: e non dovresti abusarne.

Rivolgendosi alla Sarta:

Ho avuto jeri una vertigine: per poco non casco di là

indica dietro la tenda

tutta in un fascio giù dallo zoccolo.

A Sirio:

S'è accorta anche lei,

indica la Sarta

sai, che sono un po' stanca.

Sirio: Ma io t'ho detto, mi pare, d'andartene su; non di tornare a posare, se non ti senti.

Tuda: Mi sento, mi sento! E ho molta più fretta di te, credi! Sai bene che, tante volte, io vorrei starci, e manca proprio per te invece. - Non ti pare che mi stia bene questo colore?

Sirio: Bene, sì, bene. Me ne vado su io, allora.

Via, seccato, per l'uscio a sinistra. Momento d'imbarazzo.

La Modista: Gli uomini sono impazienti.

Tuda (*estrosa, riprendendosi*): E allora io...

Alla Sarta:

Mi dia quell'abito di "jais".

La Sarta (*perplessa, prendendolo*): - perché?

Tuda: - mi dia! E l'altro -

La Sarta: - quello da passeggio?

Tuda: - l'ha portato?

La Sarta: - sì, eccolo -

Tuda: - me lo dia! No, anzi, lo tenga lei, codesto!

Alla Modista:

E lei prenda quelle stoffe!

La Modista (*prendendole*): - queste?

Tuda: - sì sì! M'ajutino! Voglio vestirgli tutte queste statue! -

Risata.

La Sarta: - vestirle? -

Tuda: - sì, lei vesta quella! indica una delle statue.

Con l'abito da passeggio.

La Sarta (*ridendo*): Ma non le andrà! -

Tuda: Non importa! Provi! Quanto più goffa, tanto meglio!

La Modista (*ridendo*). E io con queste?

mostra le stoffe

Tuda: - drappeggi le altre! Si faccia, si faccia ajutare! Io vesto questa con l'abito di «jais». -

Risata.

Altro che bazar qua! Il museo delle statue vestite all'ultima moda! Non dev'essere mica pazzo lui solo che m'ha sposata: mi metto a fare la pazza anch'io! - Guardate, guardate! - Ah, magnifiche! - Oh Dio, questa! - Benissimo. Sì sì!

Alla Giovane che ride

Buffissima! - Bisogna metterle il cappello! - Sì sì: a tutte, il cappello! Li prenda, li prenda!

La Giovane prende due cappelli dalla scatola.

- Uno a me! - Ne prenda altri! - Ah, che maraviglia! Guardate!

Alla Giovane che ritorna coi pizzi e il mantello d'ermellino e resta in prima sbalordita:

Magnifiche, no? Dia, dia il mantello!

La Giovane (*ridendo*): - eccolo! glielo porge.

Tuda: - qua

lo mette in capo alla statua che ha vestito con l'abito di "jais"

così. Benissimo! Gliele farò trovare così! Figuriamoci! Griderà alla profanazione, indignato! Come se non fosse peggio quello che lui sta facendo a me! Debbo essere soltanto una statua, io, qua? come una sorella di queste? Ebbene: mi vesto io; si vestano anche loro!

Risata.

La Modista: Benissimo!

La Sarta: Giustissimo!

Tuda: Il guajo è che esse - sì, paiono più goffe - ma non si sciupano intanto come me! -

Alla Giovane ch'è andata su:

Ha portato i pizzi?

La Giovane: Sì, eccoli -

glieli porge.

Tuda: - ah, brava!

Alla Sarta:

Bisognerà sceglierne uno che vada, come colore. Guardi che bellezza, questi pizzi!

La Sarta: Uh, antichi!

Tuda: Uno più bello dell'altro!

La Modista: Chi sa come li avrà pagati cari! Dove li ha trovati?

Tuda: Me li hanno portati. Se sapesse da quale casa vengono! - Ecco, questo, guardi. Messo così. Come le pare?

La Sarta: Eh sì, mi pare che... sì sì, va benissimo, benissimo...

Tuda (*alla Modista*): Ha portato fiori?

La Modista: Sì, molti.

Tuda: Fiori, fiori. Faccia vedere.

La Giovane della Modista (*presentando la scatola*): Eccoli.

Tuda (*cercando e scartando, finché trova*): Questi no, questi no - no no - via, questi, no - ecco, questi - guardi - appuntati qua così - e poi altri, giù da piedi. Provi, provi.

La Sarta eseguisce

Ecco, così.

La Modista: Eh, sì, benissimo!

Tuda: Sì sì. Senz'altro così. Il mantello! Il mantello!

Alla Giovane della Sarta, alludendo alla statua su cui il mantello d'ermellino sta appeso:

Le domandi il permesso e glielo levi.

La Giovane va a prendere, sorridendo, il mantello e lo pone sulle spalle di Tuda:

La Sarta: Ah, veramente magnifica!

La Modista: Una regina!

Si ode, a questo punto, il rumore d'una chiave introdotta nella serratura della porta destra, che si apre. Entra Sara Mendel che ritira la chiave dalla serratura e richiude la porta. Subito resta al goffo spettacolo delle statue vestite e non può frenare una esclamazione di sorpresa e di sdegno.

Sara: Eh?

La Sarta e la Modista con le due Giovani, la guardano con meraviglia. Tuda séguita a mirarsi nello specchio, impassibile.

Tuda (*alla Sarta*): Sì. Non c'è male. Mi par che debba andar bene.

Che spettacolo, eh?

Sara: Davvero uno spettacolo -

Tuda: - di pessimo gusto! Ma fatto apposta, fatto apposta.

Alla Sarta:

Forse un pochino più scollato.

La Sarta: Ecco, sì. Lo volevo dire. Guardi, così...

azione.

Sara (*dopo una pausa grave d'imbarazzo*): Dossi non c'è?

Tuda (*alla Sarta*): E forse questi fiori...

S'interrompe, per rispondere a Sara senza guardarla.

Credo che sia andato su.

Sara: Eppure sa che vengo a prenderlo sempre a quest'ora.

Tuda: Già. Ma sa anche che ora avete la chiave per entrare quando volete, e che, se vi piace, potete anche salir su.

Sara (*subito, risentita*): Su non sono mai salita.

Tuda (*alla Sarta*): Bisognerà far presto. La festa al Circolo è per sabato sera.

A Sara:

Scusatelo, signora: s'è un po' urtato con me perché ho voluto provare qua i miei abiti; e se n'è salito su, credo, pensando che questo potesse fare un dispiacere a voi.

Sara: A me? E perché?

Tuda: Appunto: me lo domando anch'io: perché? Anzi, vi dovrebbe fare, m'immagino, un gran piacere questa follia che m'ha preso, d'abiti, di pellicce, di cappelli, che gli fa pagar cara la sciocchezza d'avermi sposata. Sogno fiumi di seta, tra ciuffi di piume e spume di merletti... Lo sto rovinando!

Ride.

Sara: Sì, sì, fate bene, fate bene!

Tuda: Sarei sciocca anch'io, non vi pare? se non ne approfittassi.

Sara: Splendida veramente codesta cappa d'ermellino!

Tuda: Sì, è vero? Sono più di trecento pelli. Tutte uguali, guardate -

Sara: - sì, molto belle -

Tuda: - venute da un paese della Germania -

Sara: - da Lipsia: c'è un mercato speciale. E anche questo pizzo è magnifico. E l'abito, così, vi starà benissimo.

Tuda (*alla Sarta*): Siamo già intese. Così.

A Sara:

Ora vi farò vedere

si volta a cercare con gli occhi la statua vestita con l'abito da passeggio

eccolo là.

alla Giovane:

Lo prenda, per piacere.

La Giovane lo prende.

Via questo, intanto!

Ajutata dalla Sarta si toglie la stoffa lilla, e indossa poi l'abito da passeggio.

E vedrete il cappello che ho fatto fare apposta per quest'abito.

Alla Modista:

L'ha portato?

La Modista: Come no! E anche tant'altri, come vede!

Tuda: Sì, perché lo voglio proprio rovinare!

Sara: Potete senza rimorso: è molto ricco.

Tuda: Senza rimorso: ah questo sì, da parte mia! -

Guardandosi allo specchio l'abito già indossato

Sta bene, sì.

La Sarta: Meglio di così non le potrebbe stare. Altro che le statue, un corpo così fatto!

Sara: Perfetto. Non c'è che dire. E di ottimo gusto.

Tuda: Il cappello! Il cappello!

La Modista: Eccolo!

Glielo porge.

Tuda (*calzandosi il cappello*): A questo veramente ci tengo. Un po' bizzarro, ma mi pare che s'accordi -

Sara: - ah, sì, benissimo! Mi piace molto.

Tuda: - Invenzione mia! È vero?

La Modista: Verissimo!

Tuda: Forse questa falda... No: sta bene così! Per il prezzo bisognerà che lei si metta sul giusto.

La Modista: Mi sono sempre messa sul giusto!

Tuda: Oh, questo poi...

Alla Sarta:

E a lei mi raccomando per l'abito! Fra tre giorni. Ma è ormai così semplice!

La Sarta: Non dubiti: prendo l'impegno per sabato. A rivederla, signora.

A Sara:

A rivederla.

La Modista: Vengo via anch'io.

Alla Giovane:

Prendi quei cappelli, e mettili subito dentro la scatola.

A Tuda:

Contavo che ne volesse scegliere qualche altro.

Tuda: No, basta questo per ora.

La Modista: A rivederla. Riverisco, signora.

Tuda: A rivederci.

La Sarta e la Modista accompagnate dalle due Giovani escono dalla porta a destra, portando via tutto.

Tuda (*cambiando espressione subito*): Parliamoci tra noi, signora.

Sara: Con calma, voglio sperare.

Tuda: Calmissima. Vi siete fatta dare la chiave di qui -

Sara (*pronta, senza lasciarla finire*): - era il meno che potessi pretendere da lui.

Tuda: Con qual diritto? Io qua faccio il mio mestiere di modella.

Sara: Eh, ma con un lusso...

Tuda (*indicando dietro la tenda*): Io dico là: modella. Vuol dire, nuda. Non cercate di deviare il discorso. Gli abiti adesso non c'entrano più.

Sara: Ne avete fatto uno sfoggio...

Tuda: Per la vostra soperchieria.

Sara: Ah! mia? soperchieria? -

Tuda: - d'entrare qua da padrona, senz'averne il diritto.

Sara: Entrando, non ho mai sporto il capo, nemmeno per curiosità, a guardare dietro quella tenda.

Tuda: Oh, per me, quando siete entrata, tanto vale che veniate anche di là: non ho mica da vergognarmi di voi, per come sono fatta, grazie a Dio! - Volete anche questo? Ve lo potrei concedere. Ma io, concedere, capite? Perché qua, questo diritto, l'ho soltanto io.

Sara: Anche lui, suppongo.

Tuda: No: soltanto io. Non può obbligarmi nessuno a posare davanti a estranei. Voi, al massimo, vi potevate far dare da lui la chiave di su. Non questa.

Sara: Ho voluto proprio questa, invece. Dell'altra non so che farmene.

Tuda: Non avreste più diritto neanche all'altra, del resto.

Sara: Neanche all'altra?

Tuda: Neanche. Perché vorrei vedere che direbbe lui se io - pur coi patti con cui m'ha sposata, sciolta d'ogni obbligo di fedeltà - facessi entrare, su da me, chi mi pare e piace.

Sara: Giusto. Difatti, su, torno a dirvi, non sono mai salita. Quella di qui me la son fatta dare appunto per i patti con cui v'ha sposata.

Tuda: Perché neppure da modella io fossi qua padrona? Badate, signora, che se voi mi sfidate, io posso imporgli di non fare entrare nello studio nessuno quando io sono in posa.

Sara: Provatevi!

Tuda: Ah sì? Mi sfidate proprio?

Sara: Vi dico di farlo.

Tuda: Vi ritenete tanto forte e sicura di lui? Pur sapendo ch'egli m'ha sposata perché vuole a ogni costo finire la sua statua?

Sara: Non è assolutamente imprescindibile che la finisca con voi.

Tuda: Se m'ha sposata per questo!

Sara: No. Veramente, perché non faceste più da modella ad altri, mentre servivate a lui per la sua statua.

Tuda: E dunque?

Sara: È diverso. Non poté specialmente soffrire che serviste a

Caravani per un'altra Diana che voi gli avevate suggerito. Non è vero?

Tuda: È vero.

Si volta di scatto a guardarla.

Che intendete dire?

Sara: Nulla.

Pausa.

A quel povero Caravani, ora, la sua Diana è rimasta a mezzo. Ci s'era appassionato anche lui. Per un certo accordo di toni, dice, che aveva trovato.

Tuda: Seguitate a sfidarmi?

Sara: Io? No. Perché?

Tuda: Saprete che ho invitato Caravani a venirmi a prendere qua.

Sara: Sì. Me l'ha detto lui stesso.

Tuda: Ah, lui v'ha detto...? E a che proposito?

Sara: Oh Dio, ha ricevuto il vostro biglietto, mentre io sedevo nel suo studio per il ritratto che mi sta facendo. S'è voluto consigliare con me, se Sirio non avrebbe veduto male questa sua venuta qua, per prendervi.

Tuda: Precisamente come voi venite a prendervi lui.

Sara: Ecco. E difatti io gli ho detto che non ci sarebbe stato nulla di male, almeno fin tanto che non farà nulla per persuadervi a posargli, per finire quel suo quadro (ch'è molto brutto: Dossi ha ragione!)

Tuda (*riflettendo, fosca*): Già. Perché questo sarebbe, difatti, l'unico tradimento ch'io potrei fargli.

38

Sara: Sicuro: da modella. Non potendo tradirlo come moglie.

Tuda: Voi dunque venite a cimentare la modella.

Sara: Non glie lo farete, perché addio casa, allora, addio abiti, addio pellicce!

Tuda (*dopo averla guardata, frenandosi*): Eh già, fossi matta!

Sara: Perderli per il piacere d'andare a far da modella a Caravani:..

Tuda: Ora che ci ho preso un gusto pazzo e non penso più ad altro, si può dire! - Dunque, non avete dissuaso Caravani dal venirmi a prendere?

Sara: Anzi, tutt'altro!

Tuda: E gli avrete anche suggerito di persuadermi -

Sara: - a fargli da modella? Ma no! Inutile. Lo farà lui senza dubbio, questo, senza bisogno di suggerimenti. I quadri brutti, c'è sempre qualcuno che li compra. Pare che un signore cileno gli voglia proprio comprare quello: peccato, dice, che non è finito.

Tuda: Anche la statua là non è finita.

Sara: Ma è a buon punto, credo.

Tuda: Voi non l'avete veduta, com'è ora?

Sara: No. Non la vedo da un pezzo.

Tuda: Dovreste andare a vederla.

Sara: L'ha molto cambiata?

Tuda: Sì, molto. - Credete davvero ch'egli la possa finire senza di me, con altra modella?

Sara: Tanto più se l'ha molto cambiata, come voi dite.

Tuda: Ebbene, signora: andate su a dirgli che io farò finire a

Caravani il suo quadro per quel signore cileno.

Sara: Non farete codesta pazzia!

Tuda: Signora, io v'ho capita, e accetto la vostra sfida: farò, farò da modella a Caravani, procurando di fargli finire quella sua Diana quanto più sconciamente mi sarà possibile. Andate a dirglielo.

Si sente picchiare alla porta.

Sara: Oh! Forse sarà proprio lui.

Tuda: Se è lui, vado subito.

Apre la porta; si trova davanti Nono Giuncano e resta:

Ah, lei Maestro?

Sara (a Giuncano). Impedite che commetta altre pazzie.

Tuda: Ah, glielo consigliate voi?

Giuncano: Che pazzie?

Sara: Basta, di scene! - Mi risolvo ad andar su a chiamare Dossi, visto che ancora non discende.

Via per l'uscio a sinistra.

Tuda (*subito, con impeto*): Non guardi, non badi a come sono vestita!

Giuncano (*confuso*). Perché?

Tuda: Butto via tutto! via tutto!

Giuncano: Che dici?

Tuda: Vedo che mi guarda! No, sa! posso tornare com'ero!

Giuncano: Ma perché mi dici questo?

Tuda: Vuole impedire davvero che la faccia, quest'altra pazzia?

Giuncano: Quale altra? io non so!

Tuda: Non ha sentito che ha avuto l'impudenza di sconsigliarmelo? proprio lei! Un'altra, un'altra! Sono sul punto di commetterla!

Giuncano: Ah! ma ti tratterrò io!

Tuda: Sì: lei solo, lei solo può: a patto che sia per lei, sì!

Giuncano: Che cosa, per me?

Tuda (*con intensità di rammarico, quasi piangendo*): Ah, se quella volta, qua, si ricorda? mentre parlavamo, non fossero sopravvenute quelle due streghe -

Giuncano (*crollando il capo*): - proprio quel giorno -

Tuda: - sì, che lui mi fece la proposta: poco dopo che lei se n'andò -

Giuncano: - ma prima tu - ricordo benissimo - avevi cominciato a parlare di me -

Tuda: - sì; che m'ero accorta che soffriva -

Giuncano: - mi mettesti da parte, e prendesti a domandarmi di lui, tante cose... -

Tuda: - perché mi mancò il coraggio... -

Giuncano: - ma sì: naturalissimo!

Tuda: No no: le giuro che non mi sarei mai aspettata ch'egli m'avrebbe fatto proprio quel giorno la proposta di sposarmi!

Giuncano: Ma io t'avrei detto, come ti dico adesso, che per me tu non avevi, come non hai, altro obbligo che d'essere cattiva -

Tuda: - cattiva? -

Giuncano: - come dicono tutti -

Tuda: - io? chi lo dice? -

Giuncano: - tutti quelli che credono che -

Tuda: - io? a far che? -

Giuncano: - a farmi impazzire -

Tuda: - dicono così?

Giuncano (*con sdegno*): Te ne importa?

Tuda: Perché non è vero! - Sì, m'ero accorta che lei era sempre dov'ero io: se ero qua a posare, la trovavo qua...

Giuncano: Con chi ti scusi: con me?

Tuda: No: perché è così! Né lei m'aveva detto mai nulla!

Giuncano: Volevi che io ti dicessi? -

Tuda: L'avesse fatto!

Giuncano: Non te l'avrei mai detto!

Tuda: Non importa; lo so adesso: è sempre a tempo.

Giuncano: Che sai?

Tuda: Che lei soffre tanto ancora!

Giuncano: E poi?

Tuda: Le dico che posso tornare come prima.

Giuncano: Ma io soffro ora per te: a vederti così!

Tuda: No no, non creda!

Giuncano (*con un sorriso amarissimo*): Come prima?

Tuda: Sì: perché non c'è altro in me che rabbia, rabbia, mi creda, nient'altro che rabbia per questa donna che viene qua a pestarmi, a cimentarmi. Bisogna ch'io mi levi, mi levi da questa situazione! Guardi - se lei vuole - giacché è venuto al momento giusto, invece di quello -

Giuncano: - di chi? -

Tuda: - di Caravani - deve venire a prendermi qua -

Giuncano: - nessuno può impedirti d'andare con chi ti piace! -

Tuda: - no: nessuno me l'impedisce! Ma io andavo oggi da lui per vendicarmi -

Giuncano: - di che? -

Tuda: - di quello che mi stanno facendo soffrire! Come modella, come modella, vendicarmi: non avrei da vendicarmi d'altro, io! -

Giuncano: - come modella? -

Tuda: - sì: per sfregio! E buttare via tutto!

Giuncano: - non intendo... -

Tuda: - non importa che intenda! - Mi vuol fare un bene?

Giuncano: Io, un bene?

Tuda: Sì: mi prenda con sé!

Giuncano: Io? che dici?

Tuda: Potrei, potrei per tutto quello che ha sofferto -

Giuncano: - un po' di pietà? - ma abbila per te, la pietà!

Tuda: - appunto: per me! Glielo dico per me! - A lei, se potessi, per tutto quello che ha sofferto -

Giuncano: - ma lascia star me! -

Tuda: - vorrei poter dare, veramente, una gioja -

Giuncano: - tu? -

Tuda: - lo so: non sono niente... -

Giuncano: - ti pare di essere niente - così viva?

Tuda (*con brama esasperata*): - già - ma per chi viva?

Giuncano: Lo vedi? Hai bisogno d'esser viva per qualcuno!

Tuda: No, no! Per lei! Potrei, potrei ancora!

Giuncano: Ma che per me! Per nessuno! Per te stessa, viva!

Tuda: E che vale?

Giuncano: Per questo niente che ti credi! Fuori, tutta, sempre, in ciò che fai: senza vederti - come vivi senza saperlo - con tutto ciò che ti passa per la mente -

Tuda: - se sapesse che cose... -

Giuncano: - non quelle che pensi! dico le cose più lontane, quelle che si richiamano in te, senza che tu sappia come; e tu le segui, appena ne cogli il richiamo. Ecco, segui quelle: volubile come loro. Finché il tuo corpo può seguirle! Non sarà per molto, bada! Mi muovo anch'io - sì, dentro - sento, sento ancora, sento con tutte le forze dell'anima; ma io, qua, ora, - vedi? - ho questo corpo, io, ora - che odio -

Tuda (*quasi sgomenta*): - perché? -

Giuncano: - non mi ci sono mai riconosciuto! -

Tuda: - come! - e non è lei? -

Giuncano: - no - quello che vedono gli altri - un estraneo. - Tu non puoi sapere. - Non me lo sono fatto io da me, questo corpo. - M'è venuto da uno che sentii sempre estraneo a me -

Tuda: - chi? -

Giuncano: - uno: mio padre! -

Tuda: - estraneo? -

Giuncano: - è orribile, sì! Invecchia, e diviene sempre più suo - come più la faccia s'incassa e più si disegnano le rughe. - E me ne cresce l'odio. Mentre tu vivi senza pensarti, tu non sai come sei, come ti vedono gli altri, da fuori -

Tuda (*ingenuamente, aprendo le braccia per mostrarsi*): - come? così, mi vedono! -

Giuncano: - ah, tu ne puoi comunque esser lieta! Ma guaj se a me si rappresenta l'immagine di questo estraneo - d'uno che non sono io - che tante volte mi pare di portarmi appresso come un mendico stanco, e cui debbo fare, per quanto l'odii, l'elemosina di un po' di pietà - io sì di nascosto: oh, lagrime avvelenate da questa amarezza disperata e feroce. - Ma tu no: tu píglialo a calci -

Tuda: - io? -

Giuncano: - tu, sì - non voglio che batta alla porta di nessuno; meno che mai alla tua: vecchia carogna da seppellire, e calcarci sopra la terra - così!

Tuda: Oh Dio, no, che dice?

Giuncano: Me lo fai dire tu!

Tuda: Perché voglio...?

Giuncano: La vita non mi deve riprendere! non mi deve riprendere!

Tuda: Se già l'ha ripreso!

Giuncano: Non voglio! non voglio!

Tuda: Non sta a noi...

Giuncano (*con forza*). No: sta a noi, quando non si deve! A qualunque costo: quando non si deve.

Tuda: E se non si può?

Giuncano: Se non si può, si fa altrimenti!

Pausa.

Tuda: È appunto questo, vede? Mi trattenne questo, allora. Il timore che potesse essere per lei un tormento di più.

Giuncano: Ma per forza! - Era finita per me, la vita, da tanto tempo: non m'importava più di nulla. Vuoto; spento. L'avevo spesa tutta - pazzo - a fare statue! - Perché ti figuri che le abbia spezzate, fracassate, io?

Tuda: Ah, per questo?

Giuncano: Quando me le vidi davanti - là, immobili, perfette - e di fronte ad esse vidi il mio corpo in cui la vita riprendeva a muoversi - logoro, vecchio... Quest'orrore della forma - guarda:

indica una delle statue

se è lì, statua, arte -

Tuda: - non si muove più! -

Giuncano: - fa' che si muova - corpo, vita -

s'afferra il corpo

- eccola qua - ti s'invecchia!

Tuda (*con sorpresa quasi ingenua*): Oh, l'ho detto io pure, sa? della statua e di me che mi sono sciupata...

Giuncano: Presi in trappola - io - tu - tutti quanti! -

Tuda: - la vita? -

Giuncano: - chiamala vita! - Bambina, tu ti movevi di più - guizzavi - ora un po' meno - e sempre meno, sempre meno - finché - hai creduto di vivere? - hai finito di morire!

Tuda: È vero. Ma allora fin che si può...

Giuncano: Muoversi, non fermarsi mai, non fissarsi in nessun sentimento...

Tuda: Ma lei...

Giuncano (*cupo, con improvviso freno*): Sono così: con gli occhi aperti che non vorrebbero più sapere quello che vedono: le cose come sono, che portano tutta la pena d'essere come sono, e di non potere più essere altrimenti. Io per te, un altro: come dovrei essere - neppure quello che fui, quando le donne...

s'interrompe.

Se sapessi che specie di ribrezzo provo, ora che vedo in me mio padre: sì, non so, come se avessero amato lui, non me: lui così - anche allora - quand'ero giovane. - Eh, le sapeva amare, lui, le donne; ne morì disperata mia madre! - Si vede che - questo corpo - quest'aspetto - le donne... Non te lo so dire! So, so ora, che non ero io - e che anche tutte quelle che amai dovettero a un certo punto accorgersene e si allontanarono da me, tutte, perché sotto questo corpo scoprirono me, diverso. - È più, più che ribrezzo; è odio, proprio odio. - Mi sembrerebbe di contaminare in te, così bella, la vita, con mani non mie.

Pausa.

Lasciami, lasciami andare.

Esce. Altra pausa lunga.

Tuda rimane assorta a pensare. A un certo punto, perplessa, siede. Poi, come se avesse deciso di non andare più da Caravani, si leva il cappello e lo tiene sulle ginocchia.

> *Dalla porta rimasta socchiusa, entra Caravani, col cappello in capo e il soprabito ripiegato sul braccio. Vede Tuda che gli volta le spalle, ferma in quell'atteggiamento, e, dopo aver guardato in giro per accertarsi che nello studio non c'è altri, le si accosta in punta di piedi, sporge il capo e fa per baciarla su una guancia.*

Tuda scatta in piedi a tempo e gli dà uno schiaffo. Caravani, istintivamente, apre le braccia e lascia cadere a terra il soprabito.

Caravani (*allo schiaffo*): Oh!

Tuda: Non arrischiarti a toccarmi, perdio!

Caravani: Ma come! M'hai scritto di venire a prenderti!

Tuda: Sì: ma non per questo! Lèvatelo dalla testa! È vero, di', che ti vogliono comprare quella sudiceria di quadro?

Caravani: Che quadro?

Tuda: La "Diana". Quello che facevi con me. È vero, sì o no?

Caravani: Sì, è vero. Chi te l'ha detto?

45

Tuda: È anche un po' mio, quel quadro.

Caravani: Sì. E ti prego di credere che non è niente affatto una sudiceria.

Tuda: Va bene. Se non è, faremo ora tutto il possibile perché diventi!

Caravani (*sorpreso*): Come?

Tuda: Lascia fare a me!

Caravani: Ma che vorresti farmi da modella?

Tuda: Da modella! da modella! Ma a patto che sia brutto, più brutto di te; brutto, brutto: una vera
sconcezza!

Raccatta il soprabito da terra e glielo butta in faccia.

Prendi! Andiamo!

Caravani: Ma, scusa; hai pensato... - che ne dirà lui?

Tuda: Che t'importa sapere ciò che lui ne dirà?

Caravani: Ho capito, sai?

Tuda: Che hai capito?

Caravani: Perché lo fai, e perché vuoi che sia brutto!

Tuda: Ti farò vendere il quadro: non ti piace?

Caravani: Sei magnifica! Io veramente era venuto per...

Tuda: Guai a te, ripeto, se mi tocchi! Vengo soltanto per farti da modella.

E poiché Caravani si volta a guardarla di nuovo, maravigliato e sorridente, indicandogli la porta

- Via! Andiamo!

E s'avvia di furia. Caravani, stordito, la segue.

Tela.

Atto terzo.

La stessa scena del primo atto.

*Al levarsi della tela, Sara Mendel, in piedi, manda via lungamente il fumo aspirato dalla sigaretta;
poi, parlando con lentezza, quasi per assaporare la sua impudente sincerità, dice a Nono Giuncano
che sta seduto e mostra di non prestarle ascolto.*

Sara: ... del resto, nascondermi, da chi? Di quello che faccio, non debbo dar conto a nessuno; tanto meno poi di quello che sento. Sanno tutti quel che c'è tra me e Dossi. E con un uomo come lui...

S'interrompe; guarda un po' Giuncano, poi soggiunge con altro tono:

Badate che se volete fingere di non prestarmi ascolto, ho il mezzo per costringervi a prestarmelo.

Giuncano (*alza il capo con disprezzo*): Voi?

Sara: Ecco: vedete che già me lo prestate?

Giuncano: M'in-fa-sti-di-te!

Sara (*dopo una pausa*): Se uno tra noi due, caro Maestro, farebbe bene a nascondere i suoi sentimenti, quest'uno siete proprio voi. È una pena, credete, una pena per tutti, vedervi così - alla vostra età - col rispetto che tutti vi debbono portare - via, per una...

Giuncano (*balzando in piedi*): Vi ordino di tacere!

Sara: Oh!

E sta a guardarlo, come se le piacesse; poi, con freddezza:

Solo nel caso che fosse vero ciò che qualche volta ho sentito dire -

Giuncano: - non è vero - ma vi ordino lo stesso di tacere!

Sara: Ah, caro Maestro, no: se Dossi non è vostro figlio, qua voi - a me - non ordinate nulla.

Giuncano: Io lo odio, lo odio - potete dirglielo -

Sara: - tanto più! -

Giuncano: - come lo odiai quando nacque a sua madre!

Sara: Anche codesto sentimento dovreste nascondere.

Giuncano: Ma glielo griderò in faccia appena lo vedo!

Sara: Sanno tutti che, morta la madre, abbandonato dal padre, prendeste ad amarlo come un vero figliuolo. Se ora lo odiate di nuovo per un'altra gelosia -

Giuncano: - c'è quanto basta, mi pare, per non tollerare che seguitiate a parlarmene! Sono qua perché m'ha scritto di venire; non per stare a sentir voi.

Sara: Lo so. E so anche che cosa vi vuol dire.

Giuncano: Ditemelo, e me ne vado.

Sara: Eh, ma non lo so di certo; lo suppongo. S'è provato a lavorare con altre modelle -

Giuncano: - e non ha potuto! -

Sara: - perché s'è fissato! - Ne verrà una, adesso, che vale cento volte di più! E anche quelle altre che ha scartate, valevano tutte più di quella!

Giuncano: Basta andare a guardare là

indica dietro la tenda, dov'è la statua

per capire ciò che voi, del resto, capite benissimo -

Sara: - no no: io, per me -

Giuncano: - fingete di non capire -

Sara: - che non può più fare a meno di lei? -

Giuncano: - che ormai non può più finirla, quella statua, se non con lei -

Sara: Se è vero ciò che ha sempre detto...

Giuncano: Ma non è vero niente! E se n'accorge adesso che sente mancarsi tra il pollice e la creta il dono con cui lavorava -

Sara: - l'estro? tutt'altro! -

Giuncano: - ma che estro! il dono che lei faceva di sé, della sua vita, a quella statua!

Sara: Avrebbe dovuto odiarla -

Giuncano: - sì: la statua; se non fosse stata per lei l'unico modo di vivere davanti agli occhi di lui che, senz'intenderlo, se la bevevano e la trasformavano in quella creta. - Vorrebbe che io ora la inducessi a ritornare?

Sara: Suppongo.

Giuncano: Ma io la indurrei piuttosto a morire! Sapete forse dov'è?

Sara: Come! Voi non lo sapete?

Giuncano: Io non lo so.

Sara: Neanche voi?

Giuncano: Non si sa dunque dove sia?

Sara: **Sirio** contava che voi lo sapeste.

Giuncano: Io non so nulla. Non l'ho più riveduta.

Sara: Nemmeno Caravani. Non l'avete cercata?

Giuncano: Io no.

Sara: Sarà andata al suo paese, o da qualche amica, o con qualcuno...

Giuncano (*dopo una pausa*). Doveva finire così.

Sara: Io ve n'avvertii a tempo. Non ho questo rimorso. Ma forse non aspetta che d'essere richiamata. Ha lasciato qua tutto. E aveva imparato così bene a far la signora...

Giuncano: Mi pare che abbia dimostrato che non sapeva che farsene!

Sara: Sì; ma se ora la pregherà lui di ritornare... Dovreste ammettere almeno che questo sorpassa, veramente, ogni limite di sopportazione.

Giuncano: Per voi?

Sara: Anche per me, sì.

Giuncano: Ma se siete stata voi!

Sara: Ecco, vedete? Io mi volevo confessare con voi; confessare fin dove arriva il male che ho potuto fare da parte mia.

Giuncano: Come se non lo sapessi!

Sara: Potrei non saperlo io...

Giuncano: Voi siete di quegli sciagurati che, per parere esperti della vita, fanno i cinici.

Sara: Non siamo più avvezzi alla bontà, che volete? Fare i cinici, come voi dite, è pure un modo di dare leggerezza alla vita quando comincia a pesare.

Giuncano: - La leggerezza della mosca!

Sara: Niente di più leggero, infatti, e niente di più seccante. Bisognerebbe che la vita fosse invece come una piuma. Ma sì! Mantenere l'anima continuamente come in uno stato di fusione; per non farla rapprendere, irrigidire. Ci vuole il fuoco, caro Maestro. Se dentro di voi il fornellino è spento? Se la morte viene e ci soffia su? Avevo una figliuola, lo sapete: m'è morta.

Giuncano si volta a guardarla, turbato, come a saggiarne la sincerità. Ella tentenna lievemente il
capo, poi si porta agli occhi il fazzoletto.

Giuncano (*come a se stesso, piano*): Le donne: basta che dicano una menzogna con voce di pianto; e che menzogna più? Un pianto vero, che più vero di così non potrebbe essere.

Sara: Menzogna, questo pianto?

Giuncano. No. Appunto. Ma l'amaste così poco la vostra figliuola...

Sara: Che ne sapete voi, se dopo...

Giuncano: Sì, sì, è possibile.

Sara: Meglio non parlarne.

Pausa.

Cercate attorno; non trovate più un fuscello per alimentarlo, il fuoco. Si diventa cattivi. E non si può dar di peggio che avvertire che si comincia a essere di peso agli altri. Si prova una così frigida irritazione! Fingiamo di non accorgercene, per salvare davanti a noi stessi il nostro amor proprio... Guardate: vi assicuro che questa mosca da un pezzo se ne sarebbe volata via di qua, se, tutt'a un tratto, non le avessero offerto, con questo matrimonio, di potersi prendere il gusto inatteso, insperato (e perfino, sì: me lo dico da me) di entrare qua a prendersi e portar via il marito a questa moglie che non poteva dir nulla. Mi sono tanto divertita a vederla impallidire.

Giuncano: E lui?

Sara: Lui no.

Giuncano: V'ha dato la chiave di qui per procurarvi questo divertimento?

Sara: No. Gli uomini non sono così, caro Maestro. L'uomo prova un'istintiva gratitudine per la donna che, sacrificando un po' del suo pudore, dimostra di voler piacere a uno solo, sfidando la malignità degli altri; ma non può soffrire poi che questa donna faccia dispetto a un'altra donna che dimostri di avere per lui qualche simpatia.

Giuncano: Se v'ha lasciato fare qua, e altrove, tutti i dispetti e il male che avete voluto!

Sara: Perché non si cura più di nulla. Per non discutere, non s'oppone quasi più a nulla. Sapete bene com'è. Vuole soltanto lavorare.

Giuncano: E voi, facendo così, l'avete lasciato lavorare: si vede!

Sara: A voi piacerebbe, adesso, lo so, che lavorasse e la finisse al più presto, quella statua.

Giuncano: Avete fatto tutto questo per impedirgli di finirla?

Sara: No. Perché non ho mai creduto a ciò che dice. Non approfittate adesso della mia franchezza!

Giuncano: Io? della vostra franchezza?

Sara: Parlate del male che ho fatto -

Giuncano: - con perfidia -

Sara: - ve l'ho detto io stessa! - Ma nascondiamo, scusate, nascondiamo un poco i sentimenti che ho avuto la franchezza -

Giuncano: - il cinismo -

Sara: - il cinismo - di scoprirvi, anche a costo di un avvilimento, (perché v'assicuro che è un vero avvilimento per me dover riconoscere d'essermi risentita per una donna come quella) -

Giuncano: - avvilimento? -

50

Sara: - avvilimento! avvilimento! - (e vi confesso che forse l'irritazione provata per questo avvilimento mi ha fatta più crudele verso di lei di quanto avrei voluto) - Nascondiamo, dicevo, i sentimenti: veniamo ai fatti. È mia la colpa di quanto è accaduto?

Giuncano: Se l'avete confessato voi stessa!

Sara: Ah, no, piano! Non confesso più nulla io allora, se la intendete così! Prima che mia, la colpa è stata sua.

Giuncano: Sì: se agire naturalmente è colpa.

Sara: Risentimento, avvilimento, irritazione, li ho provati? Sì. E anch'io naturalmente, allora! Abbiamo agito naturalmente tutt'e due, andate là: ma lei da sciocca, e io no!

Giuncano: Ah, voi no: questo è certo.

Sara: Ragionate con me.

A una guardata di Giuncano:

Lo so, voi non potete. Lasciate che ragioni io, allora. S'è prestata, sì o no, al dispetto che Dossi volle farmi puerilmente, sposandola? È innegabile. E intese proprio méttermisi di fronte, con questo! - Doveva aspettarsi ch'io me ne risentissi, no? e dimostrarmi, se non era una sciocca, d'averlo fatto perché ci aveva veduto soltanto un vantaggio materiale. Nossignori. Mi dimostra invece che si risente lei, lei - di che cosa? ch'io séguiti a venire qua come prima? - e con qual diritto se ne risente, se Sirio ha posto bene i patti avanti? - Prima colpa - o sciocchezza - non mia: sua. - Io non faccio nessun male, proprio nessuno, seguitando a venire qua; e se ella ne impallidisce, tanto peggio per lei: mi offre il divertimento d'uno spettacolo che davvero io non mi potevo aspettare. - Ma fa di peggio! Come se realmente io e Sirio le facessimo qualche torto, pensa di vendicarsene, commettendo quest'enorme sciocchezza con Caravani!

Giuncano: Io vorrei sapere che gusto avete provato - se per voi è così, una povera sciocca - a farne lo strazio che ne avete fatto, comprendendo anche che ha agito naturalmente.

Sara: E daccapo! Ma naturalmente, naturalmente anch'io, caro Maestro! Ho contato che Sirio, scoprendo questo buffo tradimento, la mettesse a calci fuori della porta, come si meritava. - Ci s'è messa da sé, perché ha riconosciuto lei stessa d'essere proprio imperdonabile. Ma come? Sirio la sposa unicamente per impedirle di fare la modella ad altri, e lei, invece d'andarsene da Caravani, come poteva ed era suo diritto, per stare un po' con lui se le piaceva, si lascia persuadere a posargli, e per giunta per quella sua Diana là rimasta a mezzo? Giuncano: E voi, per dar modo a Sirio di scoprire questo tradimento, vi siete procurata anche la chiave dello studio di Caravani.

Sara: Ah, con una scusa naturalissima, quella. La avevo già da un pezzo.

Giuncano: Dite anche "scusa"!

Sara: Sto giocando a carte scoperte! Del resto, era vero: Caravani mi faceva il ritratto: non ho mai potuto soffrire gli orarii: non gli avevo dato perciò un'ora precisa per le sedute: andavo quando volevo, quando potevo: per non restare qualche volta dietro la porta, se la trovavo chiusa, m'ero fatta dare la chiave. Che volete! Mi venne spontaneo di cacciarla tra le dita di Sirio che non voleva credere a quello che avevo veduto io, coi miei occhi: i colori ancora freschi là su quella tela rimessa sul cavalletto. Me l'aveva confidato del resto lo stesso Caravani! E stata per me la soddisfazione più

51

bella: fargli vedere e toccare con mano la sciocchezza di quel suo matrimonio: là nell'unico tradimento che lei potesse realmente fargli! Gliel'ho fatta trovare nuda, in posa. Ah che scena! Corse a nascondersi, a ripararsi tra le tele dello studio; ma Sirio, senza curarsi per nulla di trarla fuori e svergognarla, prende per il collo Caravani e gli stropiccia la faccia su quella tela, conciandogliela con tutti quei colori freschi, figuratevi come! Povero Caravani! E s'è buscata ora, per giunta, una sciabolata alla guancia! L'ho visto jeri, e -

Si sente picchiare alla porta

- Ah ecco, sarà la modella.

Si reca ad aprire. Entra Jonella: bellissima, appena ventenne, con molle andatura bestiale. È in capelli, uno scialletto sulle spalle. Parla cantilenando.

Jonella: Buon giorno.

Sara: Buon giorno, cara.

Indicandola a Giuncano:

Vedete? Maravigliosa: voi che volete far muovere le statue.

A Jonella:

Vi chiamate?

Jonella: Jonella. Sono di Cori.

Si guarda attorno.

Che sciccheria qua!

Sara (*dopo averla contemplata un po', beata, dice come tra sé*): Non sapere che possa essere la vita... come vi possano nascere certe cose, certe creature... come i fiori... un riso di mattina...

Jonella: Dici a me?

Giuncano: E io che non previdi una tale enormità!

Jonella (*dopo aver guardato l'una e l'altro*): E che è, qua ognuno parla per sé?

Sara: Quando uno, ciò che pensa, non se lo tiene dentro...

Jonella. Dov'è quello che mi vuole?

Indica Giuncano:

È lui?

Giuncano: Sento ch'è già tale lo squarcio dentro...

Jonella: Domando d'una cosa, e tra voi vi rispondete a un'altra?

52

Sara: No, non è lui. Deve ancora venire.

Jonella: Ma io non voglio mica stare qua come una gallina spersa.

Giuncano: Io non lo so, non lo so ciò che può avvenirmi di fare! Quando non si vede più la ragione di nulla.

Sara (a Jonella): Siedi, siedi. Sarà qui tra poco. -

A Giuncano:

Vederla, la ragione di qualche cosa...

Giuncano: Non vedo più nulla, io; e posso far tutto ormai!

Sara: Mi piace intanto che prima predicate la pazzia, e ora andate cercando per disperato la ragione. Se è stata una pazzia...

Giuncano: Io, la ragione? Io cerco altro! cerco altro!

Sara: Andate a cercare Tuda, piuttosto.

Jonella: Tuda? L'ho vista io, Tuda:

Sara: Ah, sì? Quando? Dove?

Jonella: Giù ai Prati, da Assunta, l'altro jeri. S'è ridotta così male!

Sara: Ah, male?

Jonella: Non si riconosce più. Dice che le hanno volute uccidere... non so che chiacchiere... che si sono sbattuti a duello per lei... So che pare una pazza, e che qua - dice - non vuole più ritornare.

Entra improvvisamente Sirio Dossi, con cupa concitazione.

Sirio (*subito, scorgendo Giuncano*): Ah, eccoti qua. Vengo da casa tua.

Tuda è qua.

Giuncano: Ah, qua?

Sara: L'hai trovata?

Giuncano: Dov'è?

Sirio: In giardino...

Jonella. Oh guarda...

Sara: È venuta da sé?

Sirio (*pronto e duro*): Non è venuta da sé.

A Giuncano:

Non vuole entrare. Vuole prima parlare con te.

Giuncano (*movendosi verso la porta*): Con me?

Sirio: Aspetta!

Jonella: Diceva che non voleva più ritornare...

Sara: Sei dunque andato a cercarla?

Sirio (*si volterà prima di scatto a guardare Sara poi dirà a Giuncano*): Falla entrare!

Sara (*subito, fermando Giuncano*): Ah no, ti prego! Lascia prima che me ne vada via io!

Giuncano: E poi, io no!

Sirio: Conducila con te! Non dico di farla entrare qua!

Giuncano: Se non vuole!

Sirio: Non t'ho detto che non voglia. T'ho detto che vuole prima parlare con te. Le parlerai su.

Sara: Ma io vado. Non starò mica ad aspettare che ella lo ponga come patto del suo ritorno.

Giuncano: Ne avrebbe tutta la ragione!

Sirio: Niente patti! I patti ora li pongo io - a tutti - io che sono il solo che voglia fare e abbia da fare!

Prendendo da un cavalletto una delle stecche con la creta incrostata e mostrandola a Giuncano:

Ma guarda, guarda qua le mie stecche! - Bizze stupide, ridicolaggini; e io non posso più lavorare! - Su, su, vai! Non so che voglia dirti. Dice che può dirlo soltanto a te.

(Giuncano via.)

Sara: Ah, per me, basta.

Jonella: E anch'io allora me ne posso andare, se è tornata lei.

Sirio: Così com'è, per ora non potrà servirmi.

Jonella (a Sara): Eh sì, l'ho detto: sciupata.

Sirio: Non sembra più lei. Ci vorrà chi sa quanto prima che si rimetta.

Sara: Tanto più edificante che sii andato a cercarla, se non sai che fartene!

Sirio: Non lo sapevo, quando sono andato; ma anche sapendolo, sarei andato a cercarla ugualmente!

Sara: E la prova è che l'hai condotta qua e stai facendo di tutto per trattenerla.

Sirio: Appunto: hai da ridirci?

Sara: Accòmodati, se sei contento! Dopo tutto è tua moglie; e t'ha trattato bene!

Jonella: Ma, dico, se non può servirti per ora, e tu hai bisogno della modella: m'avete fatta venire fin qua...

Irrompe Tuda, seguita da Giuncano. È scapigliata, col viso scavato, gli occhi duri, quasi invetrati.

Tuda: Sì, brava, tu Jonè: sèrvilo tu!

A Sirio:

Ecco: hai qua lei che ti può servire meglio di me; e così io me ne posso andare: fai contenta, fai contenta la signora!

Sirio: Ma no!

Jonella (*contemporaneamente*): Che c'entra! Io...

Tuda (*contemporaneamente*): Ma sì! ma sì!

Sirio: Non è possibile!

Jonella (*contemporaneamente*). L'ho detto, perché lui...

Tuda (a Giuncano): Andiamo! andiamo!

Sirio (con forza): Non è possibile, perdio, ti dico, ch'io mi metta ora a lavorare con un'altra!

Sara (a Tuda): E vi potete calmare: so ch'è venuto lui a cercarvi!

Tuda: Sì, lui: e diglielo, dove: e se mi tenevo nascosta, sapendo che mi cercavi; dille che mi fece la spia; e se ora t'ho seguito per restare. Non voglio restare!

Sirio: Tu resterai.

Tuda: No.

A Giuncano:

Verrò con lei! Starò con lei!

Sirio: Ma se m'hai promesso -

Tuda: - sì - che tornerò -

Sirio: - no - che saresti rimasta qua, m'hai promesso -

Tuda: - no, no! -

Sirio: - ma sì, dopo avere parlato con lui,

indica Giuncano

m'hai detto così.

Tuda: Qua non resto - no no - non starò più qua tornerò soltanto per lavorare, quando potrò di nuovo. Ora me ne vado.

Jonella: E io, allora...

Tuda: Ma non puoi restare neanche tu, Jonè! - Non perché voglia levarti il pane, ché l'ho schifato io - sì, e il nome che m'ha dato, e gli abiti, e su, la casa... (che vuoi che abbia piacere, io, a fare la signora! non avrei fatto quello che ho fatto, se avevo questo piacere!) - Ma voglio che te ne persuada! Vieni, guarda!

La tira verso la tenda; ne afferra un lembo e con una violenta bracciata la fa scorrere con gli anelli lungo il bastone a cui è sospesa. Appare, grande, sul cavalletto, la statua non finita.

Guarda! Guardala bene! guardale gli occhi! gli occhi! - e ora guarda qua i miei - vedi? vedi? sono i miei, là - questi - come me li stai vedendo ora - da pazza - e così, perché me li hanno fatti diventare loro così - da pazza - tutti e due!

indica Sirio e Sara.

- Ti pare che ci sia amore in questi occhi? Di' di'?

Jonella: Mi pajono gli occhi di una gatta -

Giuncano: - fustigata! -

Tuda: Odio c'è, odio, per il supplizio che m'hanno dato loro due! - Non li aveva lei

indica la statua

prima, questi occhi - erano altri, i suoi occhi! - Lui me li ha presi e glieli ha dati: guardala: - E quella mano là che tocca il fianco - la vedi? - era aperta, prima, quella mano! Vedi, ora? chiusa, serrata, a pugno. Me l'hanno fatta chiudere, serrare loro così, per resistere al supplizio - e la statua, vedi, anche lei - l'aveva aperta: ha dovuto chiuderla! - gliel'ho veduta chiudere! - non ha potuto farne a meno! Non è più quella che lui voleva fare! - Sono io ora là, capisci? io - non puoi essere tu, Jonè, né altre! Vattene!

Sirio: Sì, sì, via! via! Basta!

Jonella: Per me! Io ero venuta -

Sara: - perché l'avevo chiamata io -

Sirio (*di scatto*). - e se ne va!

Jonella: Mi pagherai almeno l'incomodo d'essere venuta fin qua.

Sirio: Ma sì, sta bene: ora vàttene!

Jonella: Addio, signora Addio, Tu'!

S'avvia per uscire.

Tuda: No, aspetta, vengo anch'io. - Voglio soltanto dire qua alla signora -

Jonella scrolla una spalla e se ne va

- che il diritto di fare quello che ho fatto, sapete chi me l'ha dato? - Lui -

Sirio: - io? -

Tuda: - tu, tu, sì - approfittandoti di quanto ho patito io là, con tutto il corpo, sotto i tuoi occhi per causa di lei -

indica Sara

Sara: - di me? -

Tuda: - di voi, sì - di voi che l'avete fatto apposta -

Sara: - ma no, carina -

Giuncano: - non lo negate! l'avete confessato a me!

Tuda: - e lui l'ha capito che lo facevate apposta - e se n'è approfittato!

Sara: Ah, questo sì: e anche di me, approfittato!

Tuda: Perché non v'amava più! non v'amava più!

Sara: Ma lo so! E gli è convenuto ostentare davanti a tutti che seguitava la sua relazione con me, perché nessuno credesse che aveva sposato voi sul serio.

Tuda: Ah, voi avevate capito questo? E vi siete prestata? - La sente, Maestro? - E allora proprio per cattiveria contro di me? non per gelosia?

Sara: Ma che gelosia, per voi!

Tuda: Ah sì? Ma mi dite che potevate esser voi da più di me, quand'io ero là, tutta, com'ero, davanti ai suoi occhi?

Sara: Una così mirabile cosa, che per non far credere che gli appartenesse, ha preferito, come vi dico, approfittarsi di me!

Tuda (*con impeto, luminosa*): No, signora, no! Non di questo, non di questo s'è approfittato lui - non lo credete! - S'è approfittato di voi, come di me, per la sua statua - di quanto voi m'avete fatto soffrire (credevo per gelosia; ora so ch'è stata cattiveria) - perché giovava alla sua statua!

Scorgendo Sirio che, sorridendo, fa cenno di sì

- Ecco, vedete? dice di sì; sorride e dice di sì!

Giuncano: Non ridere, non ridere, sai! Non seguitare a cimentare in questo momento!

Sirio: Ma va' là, che cimentare! Rido perché mi piace moltissimo che lei l'abbia capita così bene -

Giuncano: - la tortura a cui l'hai messa? -

Sirio: - ma no! - ch'io non stavo qua come un gonzo a far la ridicola figura dell'uomo conteso da due donne.

E ride di nuovo.

Tuda (*subito a Giuncano*): Lo lasci, lo lasci ridere! Piace anche a me che rida, e che confessi così lui stesso che s'è approfittato! Lo compresi subito, sa perché? perché quand'ero lassù

indica lo zoccolo

avrebbe dovuto gridarmi: «Non fare questi occhi!» «Apri quella mano! apri quella mano!» - Non me lo gridò mai.

Giuncano: Lasciò alla statua serrare la mano; e avere quegli occhi!

Tuda: Oh! Ecco! E di questo - vede? - sono andata a vendicarmi con quello stupido là!

A Sirio:

Perché tu che in me t'eri comprata la modella, della modella ti dovevi servire per la tua statua com'era; e non di me che soffrivo, per farla diventare un'altra! - Lo sa, lo sa, Maestro, quello che ho fatto?

Giuncano: Lo so.

Tuda: Per questo l'ho fatto! Lei lo capisce?

Volgendosi a Sirio:

E su quella stessa guancia che tu gli hai tagliata, io, a quello stupido, avevo dato prima uno schiaffo, perché non voleva capire che andavo da lui soltanto per fargli da modella! - Non l'ho fatto per altro!

Giuncano: Ma l'artista, cara, crede suo diritto approfittarsi di tutto. -

Rivolgendosi, fosco e fiero, a Sirio:

Non però davanti a me, bada! Perché la vita, io, l'ho vendicata sopra la mia stessa arte! Codesto diritto, io, non l'ammetto!

Sirio: Non l'ammetti; e poi?

Giuncano: Non l'ammetto e te lo nego, tanto più quando si tratta della vita degli altri!

Sirio: Hai qualche ragione particolare per difenderla?

58

Giuncano: L'ho! E ti dico bada a te!

Mostrandogli Tuda:

Ma lo vedi che hai fatto della vita degli altri?

Prende con ambo le mani il viso di Tuda

Guardala! Guardala!

Tuda (*svincolandosi, con lucida gajezza, come se godesse del suo tormento*): Non importa! non importa! Lo lasci ridere!

Sara: Ah, ma di me, no: basta ormai! Vi assicuro che di me non riderà più!

fa per uscire.

Tuda (*subito, trattenendola*): No, come basta, signora? no! no! Vorreste, dopo quello che m'avete fatto soffrire, che egli non finisca ora la sua statua? Eh no! La deve finire, la deve finire! E dunque voi dovete seguitare a venire qua!

Sara: No, che! Basta! basta!

Tuda: Ma sì! Perché abbia questi occhi, la statua! Capite? Se vuole finirla così com'è ora, bisogna che abbia questi occhi! E dunque voi dovete seguitare a venire qua! Deve averli! Voglio essere io, là, con questi occhi!

Giuncano (*a Tuda*): E come, sciocca? se poi li maceri così? Non capisci che avere codesti occhi importa che poi ti riduci così, e non puoi più servirgli da modella per un altro verso?

Tuda (con disperazione, smarrendosi): Ah già, è vero... è vero... Oh Dio, come faccio? È vero... Così non posso più... È vero! Non posso più! Oh Dio... oh Dio... come faccio?

A Giuncano:

Ma lei lo capisce? Là

indica lo zoccolo,

là con la mia carne, col mio sangue, con gli occhi che vedevano ciò che egli faceva di me, che mi prendeva, mi prendeva tutta per la sua statua; essere io, là - viva - e non essere nulla! Possibile? - Se non si fosse accorto che soffrivo! Ma se n'è accorto, se n'è accorto, se m'ha fatto questi occhi là nella statua! - Lo so, lo so: non dovevo essere nulla per lui; ma ero di carne, io! di carne che mi s'è macerata così! Come faccio ora? come faccio?

Rompe in pianto, perdutamente.

Nello studio s'è fatto bujo. Solo la statua, con la luce che cola dal lucernario, appare distinta. I quattro che vi stanno sono come ombre nell'ombra.

Giuncano (a Sara): Andate via! andate via! Non avete più nulla da fare qua voi! Lasciateci soli. Qua ora si farà giustizia. Andate via!

Un fantoccio di cartapesta tu dovevi sposare per la tua statua! Ti sarebbe rimasto lì fermo, come doveva essere - per la tua statua, là ferma anch'essa, come doveva essere: tempo senza età: la cosa più spaventosa!

Sirio: Come, senza età?

Giuncano: L'età - che è il tempo quando diventa umano - il tempo quando duole - noi, di carne: questa poverina che non è più come dovrebbe essere per la tua statua, ma come può essere dopo avere sofferto quello che voi - tu e quell'altra - le avete fatto soffrire.

Tuda (*ancora tra il pianto*): Ma se lei...

Giuncano (*pronto*): Io? Io ho voluto rispettare in te la vita! Al contrario di quello che sta facendo ora lui!

Sirio (*pacato e fermo*): Ah, io non la rispetto? Hai il coraggio di dire che io non la rispetto, perché voglio che serva a qualche cosa che stia sopra e oltre a quello che possiamo soffrire - tu - lei - io stesso?

Giuncano (*con derisione*): Tu?

Sirio: Se ci metto tutta la mia vita, e quella degli altri...

Giuncano: Uccidendola?

Sirio: No; anzi, perché non muoja più!

Giuncano: E muoja intanto per sempre?

Sirio: Hai tu coscienza che questa mia statua sia bella? bella, veramente bella? E che vuoi che m'importi d'altro, dunque, se poi pagherò io più di tutti la mia opera compiuta?

Giuncano: Se per te la vita non ha più prezzo...

Sirio (*subito, con forza*): Ma questo prezzo: la mia statua!

Tuda (*levandosi con impeto frenetico*): E allora prendimi! se non posso più servirti -

Sirio (*infastidito*): - via, lèvati! -

Tuda: - no! no, se poi davvero ti vuoi uccidere -

Sirio (*come sopra*): - lèvati, ti dico -

Tuda: - come mi levo? Non senti che sto morendo per te? Prendimi, prendimi, prendi la vita che mi resta, e chiudimi là nella tua statua!

Sirio: Sei pazza?

Tuda: Sì, sì! Che vi muoja dentro! Se non mi vuoi far vivere!

A Giuncano:

Lei cercava una pasta ardente da colare dentro alle statue? Eccola! Eccola! Io ardo! io ardo!

Smaniando disperatamente, fa per strapparsi le vesti d'addosso e si slancia verso i tre scalini di legno sotto al cavalletto che sorregge la statua.

E ci voglio essere io, là dentro!

Sirio (*correndole dietro con la stecca brandita e raggiungendola sull'ultimo dei tre scalini*): Non la toccare o t'uccido!

Giuncano (*come una belva, saltandogli dietro e ghermendolo con una mano alla gola, lo strappa giù e precipita con lui a terra*): Chi uccidi? Guai a te se la tocchi! - No! - T'uccido io!

Tuda: Oh Dio, no! lo lasci! lo lasci!

Giuncano si solleva appena, con un viso da pazzo e la mano ancora artigliata. Sirio è immobile a terra: morto.

Tuda, quasi senza voce, allibita, ancora su l'ultimo dei tre scalini, si china a guardare.

Che ha fatto? che ha fatto? L'ha ucciso? Oh Dio, l'ha ucciso? Per me?

Giuncano (*mormorando, come in una litania*): Cecità... cecità...

Tuda (*scende i tre scalini; si china su Sirio; gli tocca con una mano la fronte, con l'altra gli cerca la mano*): Oh Dio, no! no! freddo: morto!

Giuncano: Cecità...

Tuda: Ucciso per me, per me che ho la colpa di tutto!

Giuncano: Cecità...

Tuda: Io, io sì, di tutto - perché non seppi essere quella per cui lui mi aveva voluto!

Giuncano: Cecità...

Tuda (*indicando con terrore dietro a sé la statua*): Quella! Quella!

Giuncano (*come sopra*): Cecità...

Tuda: Io che ora sono così: niente... più niente...